Bruño

PARALELO CERO

Maestro Alonso, 21
28028 Madrid
Teléfono: (91) 361 04 48

ISBN: 84-216-2583-7
Depósito legal: M-30600-1996

PRIMERA EDICIÓN: mayo 1995
SEGUNDA EDICIÓN: octubre 1995
TERCERA EDICIÓN: octubre 1996

PARALELO CERO

Director de Ediciones
y Producción:
José Ramírez

Jefe de Publicaciones
Infantiles y Juveniles:
Trini Marull

Coordinador literario
de la colección:
Miguel Ángel Diéguez

PARALELO CERO

Equipo asesor:
J. A. Rivera
L. Timón
C. Pallarés

Producción editorial:
J. Valdepeñas
Diseño y cubierta:
E. Rebull

PARALELO CERO

Malos pasos

Manuel L. Alonso

Capítulo primero

Cris

–NOMBRE. Edad. Ocupación.

–Cristina Castillo, catorce, estudiante.

–¿Estudiante? Querrás decir colegiala.

Un borde. El tío era un borde. Parapetado detrás del foco, una voz que surgía de la oscuridad. ¿No se daba cuenta de que la pobre chica estaba asustada?

–¿Por qué has venido?

–Me gustaría hacer teatro.

–Experiencia…

–Estuve dos años en un grupo del colegio...

–¿Y aprendiste algo?

Un borde y un cretino… ¿Por qué tenía que tratarla como si aquello fuese un interrogatorio policial? Si a él le hacían lo mismo, le daría un toque al del foco, aunque fuera el director. Probablemente era la primera vez que aquella chica, Cristina, se presentaba a unas pruebas para entrar en un grupo de teatro. No se merecía que la tratasen así.

–¿Tocas algún instrumento musical?

–Aún no he respondido a la pregunta anterior.

Bien por ella.

–¿Conocimientos de danza?

–Aún no he...

Pese a estar asustada, plantaba cara valientemente. No debía resultarle fácil, puesto que le había tocado ser la primera en subir al escenario.

En espera de su turno, desde su butaca en la segunda fila, Santi la observaba con interés. Era feíta, o casi. Usaba gafas de un modelo anticuado, y aquella melena lacia que parecía recortada con tijeras de podar no le favorecía en absoluto.

–¿Alguna habilidad artística?

Santi la imaginaba ensayando en su casa algún número musical (tenía una bonita voz, al menos), por ejemplo *No ordinary love,* de Sade. ¿Se atrevería a cantar allí, delante de los casi cincuenta aspirantes a actores?

La vio apretar las mandíbulas y adelantarse hasta el proscenio con la cabeza bien alta. La oyó, como la oyeron todos, dirigirse al que estaba parapetado tras el foco:

–Me gustaría estar donde estás tú.

Silencio.

Pobre chica. Santi sabía lo que iba a suceder a continuación. El director la dejaría ponerse más y más nerviosa, sin decir una palabra, hasta que ella no supiese dónde meterse. Había visto aquel truco un par de veces, al fin y al cabo él era casi veterano en lo de presentarse a pruebas y *castings.*

Recordó a un chico que en una situación semejante se había puesto a dar vueltas por el escenario hasta provocar las carcajadas de los demás; a una chica que había empezado escondiendo las manos y había acabado en cuclillas hablando con vocecita de bebé: «¿Qué tengo que hacer? Pero bueno, ¿qué tengo que hacer?».

Cristina no hizo nada de eso.

Mantuvo el tipo, inmóvil, procurando no protegerse los ojos con la mano, no parpadear siquiera.

En la oscuridad, un centenar de ojos la analizaban de manera implacable. Para algunos era una rival; para otros, una chica demasiado joven que no tenía ninguna oportunidad.

Un minuto, dos minutos. Murmullos en la sala. La maniobra del director se estaba volviendo contra él: algunos opinaban en voz baja que no tenía derecho a malgastar así el tiempo de los demás. Por fin, su voz detrás del foco, ligeramente fastidiada, un punto para ella:

–¿A qué personaje te gustaría interpretar?

Santi sabía que era una pregunta de rutina. La respuesta también fue convencional:

–A una chica de esta época.

–¿Sientes pudor al desnudarte o besar en público?

Un ligero titubeo y:

–Sí. Supongo.

–¿Quieres añadir algo?

–Sí.

–Adelante.

Había una cierta expectación en la sala. Santi percibió que la chica se había ganado las simpatías de muchos. Se alegró por ella y procuró enviarle buenas vibraciones.

–Sí. Quiero añadir que no me gusta esto, ni me gusta tu estilo.

Risas y aplausos. Aplaudió también él, de buena gana. Bravo por la pequeña (para él, que ya tenía diecisiete, las de catorce sólo eran unas niñas).

Después llamaron a otras chicas. Una dio unos pasos de baile, otra improvisó una escena con un actor de la compañía. El chico que subió al escenario antes que él recitó un poema. Llegó su turno.

–Nombre. Edad. Ocupación.

–Santiago Ramírez. Diecisiete. Estudiante.

Capítulo segundo

Adrián

ADRIÁN era fuerte, independiente, tenía todas las cualidades que pueden suscitar la admiración de un hermano menor. Y sobre todo era arrogante.

Santi lo seguía a todas partes como un pato recién nacido sigue a cualquiera que le parezca su madre. Adrián se impacientaba a veces. Tenía oscuros asuntos de los que prefería que Santi no se enterase. El padre intentó alguna vez hablar de ello.

–Hijo, sé que andas en malos pasos.

Adrián se echó a reír. Estaba convencido de que el padre no tenía idea de lo que era realmente la vida, y pensaba que a un hombre así no se le pueden contar ciertas cosas. En realidad, nunca le contaba nada. Por ejemplo, le gustaba correr en moto, pero atropelló a una persona y le quitaron el carnet. La familia se enteró del asunto después del juicio. Sabían que otras veces había sido juzgado por motivos menos fortuitos.

Adrián usaba cazadoras de cuero en una época en que las «chupas» eran cosa de «chicos malos» y aún no habían empezado a llevarlas hasta las amas de casa. En un barrio donde no resultaban raras las peleas, ser su hermano pequeño era una garantía para andar seguro por las calles. Tenía siete años más que Santi y no ejercía de padre con él. Su lema era «Vive y deja vivir», y lo aplicaba con él. No solía darle consejos, y cuando le ayudaba lo hacía con una mezcla de afecto burlón y brusquedad, utilizando el sistema de la ducha escocesa: caliente, frío, caliente, frío.

Un día en que Santi respondió a una llamada de teléfono, el desconocido que llamaba confundió su voz con la de Adrián y le citó en un lugar apartado, al anochecer. Santi conocía el sitio: era, entre otras cosas, el punto de reunión de los «camellos». Dio el mensaje a su hermano, pero también procuró asistir a la entrevista, escondido en una casa en ruinas. Así pudo escuchar parte de la conversación.

–No soy un asesino –oyó decir a su hermano–. Busca a otro. Hay profesionales que se encargan de esa clase de cosas.

–No quiero un profesional.

Santi pudo ver durante un segundo al hombre. Era gordo como un cerdo, su cara brillaba por el sudor, y jadeaba como si tuviera asma.

–Hay accidentes –seguía diciendo–; muchas personas mueren por imprudencia, o por descuido de otras, y los responsables no van a la cárcel.

–Siempre que tengan el título de médico.

–Me refiero a gente que resbala en el andén del metro o es atropellada. Te ganarías dos kilos. Dos millones para ti solo, chico.

–No me gusta que me llamen chico, gordo.

Santi pensó que su hermano tenía clase.

Pero ocurrió algo. Probablemente el gordo sabía cosas sobre Adrián y las había contado a la policía en un intercambio de favores.

Dos días más tarde fueron a buscar a Adrián.

Era sábado, después de comer. La familia estaba reunida delante del televisor. Adrián no prestaba atención, parecía muy ocupado hojeando un libro que Santi no había visto nunca. Era un libro delgado, de tapas amarillas.

Amarillo, el color de la mala suerte... Santi, que esa mañana había ido a una prueba para ingresar en un grupo de teatro, odiaba ese color.

Cuando llamaron a la puerta, Adrián palideció como si presintiera algo.

La madre se puso a llorar nada más ver los uniformes. El padre, un poco ridículo con su batín de los fines de semana, era el que más avergonzado estaba. Adrián le pasó a Santi el libro y le pidió que se lo cuidara. Santi miró el título: *Tao Te King*. Sin saber por qué, lo abrió al azar. Lo que vio le hizo cerrar el libro de golpe y cruzar con su hermano una mirada que los policías no advirtieron.

Mientras se lo llevaban, Adrián aseguró que estaría de vuelta antes de la noche.

Nadie sabía entonces que iba a tardar dos años en volver.

* * *

En aquella página abierta al azar, Santi había leído un par de líneas:

> «El universo no tiene sentimientos;
> todas las cosas son para él como perros de paja.»

No había podido seguir leyendo porque encima del texto había algo: un billete de diez mil pesetas pegado a la hoja por una esquina.

El simple tacto del libro le había bastado para adivinar que aquel hallazgo no era casual. Descubrió que si bien Adrián no era un asesino sí parecía haber hecho algunas cosas ilegales, y también rentables: entre las páginas del libro, a razón de uno por cada hoja, había noventa y dos billetes de diez mil.

Nunca les dijo nada a sus padres; de todos modos, no hubieran querido tocar aquel dinero. Se lo hizo llegar a Adrián hasta la cárcel.

Capítulo tercero

Santi

HABÍA empezado pocos días antes, con una prueba en uno de los teatros históricos de la ciudad. Santi sabía que no había estado brillante, pero cinco años haciendo teatro le habían dado las suficientes tablas como para no dejarse impresionar e incluso disfrutar de una oportunidad semejante.

–Santiago Ramírez. Diecisiete. Estudiante –respondió.

Y a continuación, puesto que ya sabía cuál era la pregunta que seguía, la había respondido sin esperar a que se la formulasen.

–He venido porque soy actor. Bastante bueno, creo. Y sé que vosotros sois el mejor grupo independiente.

El director, detrás del foco, sin cortarse un pelo, había respondido:

–Es verdad. Es verdad que somos los mejores. Y ahora demuéstranos que tú eres bueno.

Santi sintió que el corazón le latía con fuerza en el pecho. Inspiró dos veces para relajarse. Paradójicamente, a pesar de sus cinco años de experiencia, seguía siendo tímido; sabía que no era el único actor tímido; tal vez eso mismo era lo que lo hacía más emocionante. La descarga de adrenalina en el estómago, el cosquilleo en las puntas de los dedos. Cuando actuaba, se sentía más vivo, eso era lo importante.

–Voy a hacer un monólogo de *La muerte de un viajante* –anunció.

–Adelante.

Comenzó sin un titubeo, sabía lo que tenía que decir y cómo decirlo. Aquel público le estimulaba. No eran viejas burguesas de las que acuden a los teatros convencionales, eran cincuenta personas capaces de apreciar una buena actuación.

Recitó el largo parlamento dejándose llevar más por el sentimiento que por la reflexión, y eso le jugó un par de malas pasadas; se quedó sin respiración a mitad de una frase, y terminó demasiado precipitadamente. Le gustaba el personaje de Willy Loman, lo había visto dos veces en teatro y una vez en cine interpretado por Dustin Hoffmann. Al acabar, pensó que no había estado a la altura necesaria, y lo lamentó más por el personaje que por sí mismo.

Sin embargo, los demás aspirantes parecían casi deslumbrados. Le aplaudieron con entusiasmo, y pudo detectar esa mezcla de satisfacción y envidia con que un actor aprecia un buen trabajo de otro.

Tres días más tarde recibió la llamada del grupo para acudir a un primer ensayo.

* * *

Eran ocho o diez, casi todos un poco mayores que él, la mayoría chicas. Había dos nuevas, una de ellas la feíta que había hecho la prueba en primer lugar, Cris. La otra se llamaba Lola y era tan guapa que cuando se la presentaron se quedó aturdido.

El director era un imbécil. Tenía una barbita con cuatro pelos y llevaba una camisa de moda, ancha, por fuera, con rayas horizontales, que le daba un aire de presidiario de chiste.

El primer día de ensayos lo dedicaron a conocerse mejor; el director insistía en que tenían que ser «una gran familia». Se las daba de moderno, pero tenía expresiones que hacían sonreír de puro tópicas.

Hubo un par de días bastante aburridos, a base de improvisaciones que se interrumpían cada pocos segundos para teorizar sobre Stanislavski u otros nombres que Santi ni siquiera había oído antes. Después, inesperadamente, hubo un ensayo interesante.

–Hoy haremos un ejercicio por parejas. Cada uno, sentado en el suelo, apoyará las palmas de las manos en las del compañero que le haya correspondido. Se pueden mantener los ojos cerrados, si se quiere. En perfecto silencio, procuraremos relajarnos, dejar que fluya la energía, percibir las vibraciones. Si llegamos a estar perfectamente relajados, es posible que sintamos el deseo de transmitir a nuestro compañero alguna emoción, cosa que haremos sin ayuda de la voz o el gesto...

Santi dejó de escuchar aproximadamente en ese punto. Sabía que el director iba a continuar hablando no menos de diez minutos sin añadir nada nuevo; nunca hablaba menos de diez minutos, aunque uno le hubiese preguntado sólo la hora. A Santi, que veía grandes posibilidades en el ejercicio propuesto, sólo le interesaba una cosa: conseguir que su compañera fuese Lola. Un buen rato de hacer manitas con Lola era algo que podía animarle muchísimo a asistir a los ensayos.

Procuró, como por casualidad, desplazarse en el semicírculo que formaban hasta situarse al lado de Lola. El problema era que en tres días Lola había roto el corazón de todos los chicos del grupo, y la competencia para estar a su lado era mucha.

Durante un par de segundos ella le miró fijamente. Tenía los ojos de un verde peligroso, como el color de las aguas profundas y frías. Santi intentó sonreír: era el momento decisivo; pero como casi siempre, en el instante crucial dudó y dejó pasar su oportunidad. Alguien se situó a su lado y le empujó como sin querer, justo cuando el director daba la orden de emparejarse.

–Lo siento –le susurró el que acababa de empujarle, un tipo con el pelo cortado a cepillo–, te ha tocado el patito feo.

El patito feo era Cris, que le aguardaba sonriendo y que se figuraba tal vez que la sonrisa de él iba dedicada a ella. Santi se sentó enfrente, fastidiado.

Las palmas de sus manos se tocaron. Las de la chica eran cálidas y secas.

–Es muy interesante, ¿no te parece? –dijo ella.

–Hum.

Al menos tenía los dientes bonitos. Y, en realidad, sus labios no estaban mal. Quizá cuando empezara a maquillarse, si sabía hacerlo, podría resultar casi atractiva. Por otra parte, a juzgar por la forma en que le miraba, parecía bastante claro que él era su tipo. Santi procuró pensar en sí mismo de una manera imparcial: era alto, condición imprescindible para gustar a cualquier clase de chica, era sociable y hasta simpático (o eso le habían dicho, al menos), y sus ojos y su sonrisa tenían cierto éxito entre las chicas. Lástima que fuera tan indeciso, pero confiaba en que eso no se notase.

Las instrucciones del director le llegaban como un murmullo sin sentido. La verdad era que se estaba bien así, sintiendo el calor que fluía de las manos de aquella chica. Se trataba de una sensación rara, un inesperado atisbo de intimidad, como sorprender a alguien que se cree estar solo. Resultaba difícil definirlo con palabras, incluso en su mente, pero lo que estaba claro era que ella no se bloqueaba, que se abría a él limpiamente, sin recelo. La miró con una curiosidad que hasta ese momento no le había inspirado, recordando cómo había plantado cara al director el día de la prueba. No era una chica tan simple ni tan dulce como parecía. En las palmas de sus manos latía una fuerza inesperada.

Ella mantenía los ojos cerrados y respiraba regularmente. Su pecho subía y bajaba al ritmo de la respiración. Llevaba una camiseta blanca que Santi observó con interés. Lo que podía adivinar bajo la camiseta indicaba que no era tan niña, a pesar de que sólo tuviera catorce años. Advirtió que la respiración de ella se iba acelerando paulatinamente, como si... ¿como si estuviese emocionada? No quería ser pretencioso, y además sólo se estaban tocando las manos, pero...

Adivinó que ella sabía que él la estaba contemplando intensamente, vio un ligero rubor en sus mejillas y se preguntó –sólo fue un impulso– qué pasaría si la besaba. Tenía unos labios gruesos, bien perfilados, como había leído él que suelen ser los labios de las chicas apasionadas.

De pronto, ella abrió los ojos y le miró de una forma inesperada. Fue una mirada breve, profunda, cargada de tensión. Santi pensó que nadie sería capaz de llamar patito feo a Cris en aquel instante, y también pensó otra cosa: que le gustaría conocerla mejor.

Los dedos de ella en los suyos, las palmas en las palmas, piel contra piel latiendo al unísono, la sangre corriendo con ímpetu, la respiración entrecortada. Por un momento casi se sintió avergonzado. ¿Es que los demás no se daban cuenta de lo que estaba ocurriendo entre Cris y él?

Decidió que tenía que conocerla mejor, salir con ella. En el silencio del escenario, rodeados por otras parejas que permanecían sentadas en el suelo polvoriento, a media luz, tuvo la impresión de haber hecho un descubrimiento, aunque no podía precisar cuál.

* * *

Ella sólo acudió a uno o dos ensayos más y después desapareció inesperadamente, sin haber dado tiempo a Santi para decidirse a invitarla a salir. Alguien dijo que Cris se había cambiado de casa, o de ciudad. Él continuó asistiendo a los ensayos durante todo un mes, sólo con la esperanza de volver a verla. Pero Cris no volvió nunca.

Capítulo cuarto

Dos años después

AQUEL sábado, Santi salió con una chica. La dejó a las diez y media en el metro, restaurándose el maquillaje para que su madre no viera que se había dejado besar, y volvió a casa caminando.

Cenó con sus padres, en el salón demasiado estrecho, mientras veía la tele, casi sin hablarse. Después, en su cuarto, abrió la ventana porque sentía que se ahogaba, aunque no era exactamente una sensación física. Con la luz de la luna en cuarto creciente, entraron los ruidos de los ciudadanos que aparcaban y desaparcaban o hacían sonar la bocina porque sus coches se habían quedado bloqueados.

Los golpes en la puerta le sorprendieron como una sacudida eléctrica. Yacía vestido sobre la cama; sintió un escalofrío y una oleada de pánico. Sabía que era su hermano. ¿Quién excepto él golpearía con el puño en lugar de pulsar el timbre? Pensó que al abrir le encontrarían muerto de pie al otro lado de la puerta. Después se dio cuenta de que semejante idea se debía a un cuento, *La pata de mono*, en el que sucedía algo semejante, que había leído pocos días antes y le había impresionado.

La familia sabía que Adrián sólo había estado en la cárcel unos meses, y que al salir había preferido desaparecer por un tiempo sin dar noticias. Habían llegado casi a pensar que no volverían a verle, pero no habían dejado de hablar de él. Siempre lo mencionaban invistiéndole del prestigio del aventurero que viaja y ve el mundo y corre peligros; así ignoraban deliberadamente, la madre, el padre, Santi, la realidad, más prosaica: que Adrián era un delincuente.

Santi salió al pasillo. A esa hora, como casi todas las noches, la madre estaba ya acostada, en tanto que el padre permanecía velando ante el televisor, como hipnotizado. Aun así, fue la madre la primera en llegar a la puerta. Se había puesto una bata azul encima del camisón, y su gesto de ansiedad le recordó a Santi lejanos días en que él estaba enfermo y ella apenas se movía de la cabecera de su cama.

Adrián, alto, vestido de negro, delgado, se quedó un instante en la entrada, a contraluz. Santi lo miró como si fuese un fantasma. En cierto modo, lo era.

Adrián buscó su mirada por encima del hombro de la madre, que lo acaparaba con sus sollozos y reproches. Lo miró no como el hermano mayor que esgrime alguna clase de primacía, ni como el que habiendo estado ausente recela de quien no se ha movido del territorio familiar, sino como un viejo amigo. A Santi le gustó que le mirase así. Sin decirlo, los dos pensaron lo mismo: que ambos habían cambiado.

Hubo, allí mismo, en el pasillo, un intercambio apresurado de preguntas, evasivas y recomendaciones. La madre había dejado, casi al momento, de pensar en sí misma para preocuparse por el encuentro entre padre e hijo; restañaba lealmente la autoridad menoscabada del padre, suplicaba prudencia. Adrián la tranquilizaba sin comprometerse.

Los dos hermanos se hablaban con la mirada, procurando rastrear viejos gestos de siempre. Por primera vez, eran igual de altos, como descubrió Santi con asombro.

Luego salió el padre, con los ojos turbios por un día entero gastado ante el televisor, y los dos se quedaron indecisos, a la expectativa, casi como extraños. Al padre le gustaba guiarse por la pauta segura de la norma, de lo establecido. Era la clase de hombre que usa la frase adecuada en cada ocasión. Le desconcertaba no saber qué debe decir un padre en un momento así. Fue ella quien los empujó suavemente, consiguiendo que se dieran un abrazo si no espontáneo al menos bastante sincero. Después se abrazaron los dos hermanos.

A Santi le sorprendió el tacto frío de su cazadora negra de cuero, y el olor a tabaco, pues nunca le había visto fumar. Observó que llevaba barba de varios días y que parecía muy cansado. Supuso, una deducción fácil, que las cosas no le iban bien.

De madrugada pudieron charlar unos minutos a solas en su habitación. Adrián miraba todas sus cosas, pulcramente ordenadas, con una chispa de ironía que no llegaba a la burla. En contra de lo que Santi esperaba, no le contó ninguna magnífica historia de sus andanzas; estaba más interesado en escuchar que en hablar.

Cerca ya del amanecer, cogió la mochila que llevaba y la puso en el suelo, se inclinó para buscar algo en ella y Santi presintió que habría problemas. Porque, oculta bajo la cazadora de Adrián, pudo ver una pistola.

Adrián le tendió su regalo con una sonrisa. Era un libro en edición de bolsillo, un ejemplar del *Tao Te King*. Y era su forma de restablecer entre ellos la vieja complicidad, de reanudar las cosas en el mismo punto en que se habían quedado interrumpidas.

Dijo que quería dedicarle el libro, y bromearon un poco sobre ello. Tomó del escritorio la pluma de Santi, y con ella en la mano se quedó unos momentos contemplando la habitación, evocando recuerdos o en busca de inspiración. Después, con letra firme y de trazos amplios, escribió en la primera página del libro:

«Encontrarás lo que buscas si vuelves la mirada hacia el lugar donde nacen los sueños».

Santi aceptó el libro y luego se estrecharon la mano como si estuviesen sellando un pacto. Adrián podía ser un delincuente que usaba pistola, pero eso a Santi apenas le importaba. Para él, lo importante era que podía escribir frases como aquélla, y que por encima de todo era su hermano.

Capítulo quinto

Vida amorosa de los canguros

FUE Adrián quien insistió para que fuesen al zoo. Santi, a sus diecinueve años, había perdido la cuenta del tiempo que llevaba sin volver a aquel lugar que de pequeño le había fascinado. Sin duda, Adrián debía de tener sus razones, no todas sentimentales, para acudir al zoológico en unas fechas, principios de Semana Santa, en las que los visitantes eran muy numerosos. Probablemente tenía allí una cita con alguien que deseaba pasar desapercibido.

Familias enteras, padres separados aprovechando las vacaciones para reunirse con los críos, y también gente joven, llenaban los paseos y se paraban ante los recintos y las jaulas.

Santi se fijó en un grupo que estaba haciendo fotos ante el recinto de los osos. Había una chica que le devolvió la mirada con insistencia. Supuso que miraba así a todos, o que lo hacía para competir con sus compañeras. Pensó que no estaba nada mal. Se alejó unos pasos, un poco confundido, y cuando se volvió para mirarla otra vez –ella le seguía con la mirada– decidió que, en realidad, estaba muy bien.

Era bajita, aproximadamente uno cincuenta, llevaba el pelo corto, con un flequillo que le llegaba justo hasta las cejas, y tenía unos ojos enormes, entre dulces y descarados.

–Necesito ir a la cafetería –anunció Adrián.

–Pues vamos. Me vendrá bien un bocata.

–Yo te lo traeré. Tú espérame.

–Me has pedido que te acompañase al zoo porque yendo conmigo pasas más desapercibido, y ahora me das la patada.

–¿Dónde me vas a esperar? –se limitó a preguntar Adrián con impaciencia.

–Búscame por Australia.

–Vete a la mierda, Santi.

–Quiero decir que estaré en la zona de los animales australianos, los canguros y todo eso.

Se encaminó hacia allí con las manos en los bolsillos y tiritando porque el día era fresco y no se había puesto nada encima de la camisa. Aquella parte era la menos frecuentada, y casi todos los bancos estaban desiertos. Por eso la vio en seguida.

Estaba sentada en un banco apartado. Sola. Era la misma chica que le había estado mirando.

Se acercó poco a poco procurando que no se fijase en él demasiado pronto. No confiaba en que, a solas y cara a cara, se mostrase igual de atrevida. Ella tenía el rostro inclinado y no levantó la cabeza hasta que él estuvo a pocos pasos.

Entonces le ocurrió algo que no le había sucedido desde hacía mucho tiempo: se puso colorado, y se sintió de repente tan torpe como si los brazos le hubieran crecido hasta el suelo.

–Hola –dijo.

No sabía dónde poner las manos, ni la mirada, y se figuraba que ella iba a decirle que la dejase en paz.

Pero no dijo nada. Sólo se tocó el pelo, para echárselo hacia atrás. Y Santi, a quien los años que llevaba haciendo teatro le habían servido para aprender algo del lenguaje corporal, lo entendió como un pequeño gesto de coquetería: al menos, él no le disgustaba. Al mismo tiempo, le llegó el olor de aquel cabello corto, castaño rojizo, y pensó que nunca había salido con una chica cuyo pelo oliese así de bien. Y también, al mismo tiempo, sus miradas se encontraron y los dos percibieron la fuerza del impacto.

Santi se sentó a su lado. Cuando la chica apartó la mirada, la contempló de reojo. La piel de ella parecía tan suave que le daban ganas de tocarla por las buenas. Observó que tenía algunos lunares, como suele ocurrir en la gente de piel muy blanca, y experimentó la impresión de estar a punto de recordar algo sobre otra chica con lunares semejantes, pero buscó en su memoria inútilmente, porque nunca había salido con una chica como aquélla.

Cerca, los canguros desarrollaban una curiosa vida social, visitándose en las puertas de sus viviendas. Eran más pequeños de lo que a Santi le habían parecido en las películas, y tenían un aspecto simpático.

–Las crías se pasan hasta dos años en la bolsa de la madre –dijo.

Ella le miró sin responder, un poco asombrada, o tal vez aquella expresión con los ojos muy abiertos era la suya habitual.

–Es porque ahí dentro están los... bueno... los pezones. Así que tienen que entrar en la bolsa para comer.

Ella le miraba seriamente, y él tuvo que rectificar de nuevo su juicio: no era que ella no estuviese mal, ni que estuviese muy bien. Era sencillamente preciosa.

–Sigue –pidió–, ¿qué más sabes de los canguros?

Santi no sabía ni una palabra más sobre canguros, así que se puso a improvisar:

–Muchos de ellos se emparejan para toda la vida. Si uno de los dos muere, el otro se niega a alimentarse y se deja morir.

Temió haber exagerado la nota, pero ella parecía habérselo tragado. Dijo –haciendo pensar a Santi que había sufrido un desengaño– que los humanos tenían mucho que aprender de los animales en materia de lealtad. Tenía la voz más bien grave, la clase de voz que Santi había asociado siempre con un temperamento sensual. Le gustaba esa voz. Le gustaba ella.

–¿Y qué pasa cuando un tercer canguro intenta romper una pareja? ¿Hay una pelea?

–A muerte –afirmó Santi.

La chica dejó escapar un suspiro. El siguiente paso era cogerle la mano, pero Santi no se decidía. Sólo de pensar en hacerlo le volvían los síntomas de cuanto tenía catorce años: pulso acelerado, sequedad de garganta, dificultades respiratorias; el cuadro completo del cobarde antes de entrar en combate. Suspiró también él. Estaban en un punto muerto y los canguros no daban más de sí. Se volvió en busca de algo que pudiera servirle de ayuda.

–Hay una hamburguesería ahí detrás –informó.

–¿De veras?

–Sí. ¿Quieres que vaya a buscarte una hamburguesa?

–¿Para qué?

–No sé, bueno, es decir, para comerla, supongo. Es lo que se suele hacer con las hamburguesas.

–No me gustan las hamburguesas. La última que probé me supo igual que el dedo gordo del pie de un cadáver.

Semejante metáfora deslumbró a Santi.

–Es una frase de Miller –dijo ella.

–¿Arthur Miller, el autor teatral? Una vez interpreté el protagonista de *La muerte de un viajante* –empezó Santi con la esperanza de que ella le preguntase si era actor.

–Éste es otro Miller, Henry. Es la clase de escritor que jamás te recomiendan en clase. Se supone que es para adultos.

–Entonces me encantaría –declaró Santi.

–A mí me gusta mucho leer. Un libro es un amigo que nunca te traiciona.

Santi no se atrevió a preguntar. No era difícil adivinar que ella acababa de discutir con los de su grupo, o más probablemente con uno de ellos, ¿su chico?, y que se sentía traicionada. Fue en ese instante cuando el sol surgió de entre las nubes y arrancó un destello al pelo de ella e hizo brillar sus ojos, y a Santi le pareció tan guapa que le dolía el pecho sólo de mirarla.

–¡Hey! ¡Nos vamos!

Eran sus compañeros, llamándola desde lejos. Santi los maldijo en su interior.

–Tengo que irme –dijo ella.

–¿No hay más remedio?

–He venido con ellos. Ya nos veremos.

Se pusieron en pie. Santi miró a los del grupo y se apresuró a preguntar:

–¿No me das tu teléfono?

–¿Para qué?

–Pues... para estar seguro de que nos volveremos a ver.

Entonces sucedió algo que Santi no esperaba y que en ese instante escapó a su comprensión. Fue una mirada de ella, fugaz, extrañamente intensa, una mirada que no se parecía a ninguna otra que hubiese visto jamás.

–Viajaremos a una isla.

Y en seguida le besó en la mejilla. Santi no supo responder al beso, se olvidó hasta de seguir respirando, supuso que había oído mal.

–¿Cómo has dicho?

Y ella lo dijo de nuevo:

–Viajaremos a una isla y seremos muy felices.

Se alejó rápidamente hacia sus compañeros por el mismo sendero en el que podía verse a lo lejos a Adrián, de regreso.

Santi se figuró que ella no se volvería, pero lo hizo.

–¡Hasta pronto, Santi!

Y luego echó a correr mientras él se quedaba petrificado de la cabeza a los pies.

Adrián llegó a su lado caminando, ceñudo, a grandes pasos.

–Lo siento, me olvidé de tu bocadillo.

–¡Santi! –mugió Santi.

Su hermano le miró, asombrado.

–¿Qué demonios...?

–¡Santi! ¡Me ha llamado Santi!

–¿Quién, esa chica? ¿Y qué? ¿No es así como te llamas?

–¡Pero yo no se lo había dicho!

–Bueno, vámonos de aquí –gruñó Adrián sin hacerle caso–; todos esos pobres animales encerrados están empezando a deprimirme.

–¡Santi!

–¿Vienes o no?

–Sabe mi nombre –murmuró Santi trotando detrás de su hermano–. Me conoce. ¿Qué dices a eso?

Adrián no dijo nada.

–Creo que estoy enamorado –jadeó Santi.

Capítulo sexto

Malos pasos

El día siguiente amaneció claro y soleado.

–Un buen día para morir –dijo Adrián.

Siempre decía cosas así. Bromeaba, naturalmente, pero eso no impedía que la madre le mirase sobresaltada, como si en lugar de una broma fuese una profecía.

Santi se había dado cuenta de que Adrián tenía un plan. Era inútil pedirle que le llevase con él, y decidió seguirle sin que se diera cuenta. Cuando vio que se disponía a salir se puso en pie, aunque no había terminado de desayunar. Se metió una tostada entera en la boca y sin perder tiempo ni en sacudirse las migas bajó a la calle a toda velocidad.

Por suerte, el John Silver estaba abierto. Era un bar que quedaba justo enfrente. Sería un buen observatorio. Metió la nariz por la puerta. Desierto. En la barra sólo estaba el dueño, a quien conocía desde pequeño.

–Hola, Antonio.

–Prohibida la entrada a menores –respondió el dueño del bar.

Santi no hizo ningún caso. Antonio sabía perfectamente que él había cumplido los diecinueve, pero siempre decía aquello para incordiar. Podía decirse que eran viejos amigos: Santi se dejaba caer por el bar a menudo para escuchar las batallas de juventud de Antonio.

–No voy a tomar nada –dijo.

–Peor –gruñó Antonio.

Santi vigilaba el portal de su casa a través de los cristales del local. Antonio puso en el casete una cinta de los sesenta, Simon y Garfunkel, en homenaje privado a los viejos tiempos. La cinta crepitaba y chirriaba, como los viejos tiempos, pero él se embelesaba escuchando.

–¿Te he contado alguna vez...?

–Ahora no, Antonio. Tengo algo que hacer.

–¿Espiar?

Santi le miró de soslayo, sin responder.

–Tienes la camisa llena de manchas –señaló.

–Ya lo sé, me las he echado yo.

De pronto, Antonio abrió unos ojos como el platillo de las propinas. Santi siguió la dirección de su mirada. Frente a la puerta del bar se había parado un hombre tan grande como el camión de la basura. Sus hombros eran tan anchos que bloqueaban la puerta del bar. De repente el hombre se movió, y Santi pudo ver a su hermano en la puerta de su casa. Era evidente que el grandote le esperaba. Cruzó la calle y avanzó hacia Adrián directo como un tanque.

–Es Bruno –susurró Antonio, como si el nombre lo explicara todo.

–¿Y quién es Bruno?

–Lo va a destrozar.

Santi empezó a preocuparse. Si Antonio no había exagerado al contar sus batallas, tenía experiencia suficiente para juzgar a las personas.

Adrián y el gigante cruzaron unas palabras que Santi no alcanzó a oír, aunque conociendo el estilo de Adrián estaba seguro de que fueron de este tipo: «Lárgate o te arrancaré la cabeza».

Bruno le dio un golpe y lo derribó sobre el asfalto. Ojalá Antonio estuviese equivocado y Bruno fuera sólo uno de esos grandotes de reflejos lentos y movimientos torpes. Todo consistía en que Adrián no se dejase alcanzar por aquellos puños mortíferos. Las peleas son cuestión de astucia más que de fuerza.

Adrián se puso en pie y lanzó un puñetazo con bastante estilo, pero el otro esquivó el golpe. Adrián probó de abajo arriba, buscando el mentón. Bruno se cubrió como un boxeador profesional, y el puño de Adrián chocó con su hombro. Casi al mismo tiempo, el pie de Bruno alcanzó a Adrián en los riñones.

Santi pensó que su hermano debía de sentirse como si un tren a toda velocidad le hubiese partido en dos. Lanzó de nuevo sus puños. Error. Los puñetazos están bien para las películas, pero en la vida real uno se destroza los nudillos, pensó Santi. Bruno, que seguramente lo sabía, usó otra vez sus pies golpeando a Adrián en el pecho.

Adrián retrocedió. Uno cualquiera de aquellos golpes podía hacerle daño de verdad. Los murmullos de los curiosos indicaban un interés puramente deportivo; nada les haría intervenir. Adrián trató de afianzarse sobre el suelo con las piernas bien abiertas; Santi le vio estudiar a su contrincante en busca de algún punto vulnerable, pero Bruno parecía tan sólido como un bloque de piedra. Aun así, Adrián consiguió con un puntapié hacerlo doblarse por la cintura, y en seguida le agarró por los cabellos. Pero Bruno le golpeó el estómago con su cabeza y Adrián cayó contra un coche aparcado, a punto de perder el sentido.

Santi lamentó que no llegase a ocurrir así, pues al menos aquello hubiera puesto fin a la pelea. Sintió compasión por su hermano. Era la primera vez en su vida, y no resultaba un sentimiento agradable. Recordó los simulacros de pelea, cuando ambos eran unos críos, y los trucos que Adrián le había enseñado entonces, aprendidos en algún libro de artes marciales.

Adrián se lanzó de nuevo al ataque, gritando como un guerrero que carga a la bayoneta. Su puño derecho se clavó entre los ojos de Bruno, implacable como un martillazo. Bruno se tambaleó, gruñendo como una bestia herida, y disparó casi a ciegas su mano abierta; alcanzó con el filo a Adrián en el cuello, una vez, dos veces. El siguiente golpe le machacó el bíceps. A partir de aquel instante, Adrián sólo podía contar con su brazo izquierdo. Santi comprendió que la suerte estaba echada. Era un peso pesado contra un peso medio con un solo brazo, y Bruno no daba tregua. Golpeó una y otra vez, como un profesional. Lanzó un puñetazo contra el pecho de Adrián, y otro contra su vientre, y cuando Adrián se doblaba lo remató con un impresionante golpe en el maxilar. El crujido de los huesos llegó hasta Santi.

Volvió la cabeza para no ver lo que escupía su hermano, para no verlo caído en mitad de la calle como si fuera la víctima de un atropello.

Bruno avanzó hacia Adrián. Su mirada era la de un homicida. Golpeó a Adrián con el pie en la cabeza. Santi sintió, como si el golpe lo hubiese recibido él, que los oídos comenzaban a zumbarle. La ira corrió por sus venas como una descarga eléctrica.

–Eso no está bien –opinó Antonio, que continuaba a su lado.

–No debería haberlo hecho –dijo Santi.

Fue a la barra y se apoderó de un sifón.

Salió a la calle.

Una apretada hilera de coches le impedía bajar de la acera.

Pasó por encima del más próximo.

Bruno se disponía a patear de nuevo a su hermano. Una mujer gritaba de horror. Los curiosos se echaron atrás al ver a Santi. El sol arrancó destellos de la pesada botella. Santi dejó caer el sifón sobre el cráneo de Bruno justo cuando el gigante se volvía hacia él.

Bruno se derrumbó a sus pies. Brazos anónimos sujetaron a Santi, tirando de él. Se dejó conducir hacia el bar. Antonio cogió a su hermano por las axilas y lo arrastró en la misma dirección.

A través de los cristales del bar, Santi vio a Bruno arrastrarse hasta su coche y desaparecer en él. Se volvió hacia su hermano.

Las ropas de Adrián estaban mojadas, y tenía el rostro cubierto de sangre.

–El viejo tenía razón –murmuró Santi.

Adrián andaba en malos pasos. Y, ahora, también él.

Capítulo séptimo

Nueve millones de razones

POR la tarde, mientras la madre lloraba siguiendo en la televisión el capítulo setecientos de un culebrón, Santi fue al cuarto de Adrián. Lo encontró probando sus fuerzas, como un convaleciente que necesitara apoyarse para caminar.

–¿Qué tal?

–Estaría mejor si el suelo dejara de moverse. ¿Cómo ha quedado el otro, Santi?

–Has estado a punto de acabar con él. Un poco más y lo procesan por asesinato.

–Muy gracioso. Ven, siéntate aquí.

Santi tomó asiento en la única butaca de la habitación mientras Adrián hacía lo mismo en la cama. El médico había dicho que tenía dudas acerca de un par de costillas que al parecer no estaban exactamente en su sitio, y había recomendado inmovilidad durante dos o tres días. Antonio también había hecho sus recomendaciones:

–Si necesitas una pipa, dímelo, Adrián. Conozco a un tipo que te vendería un nueve corto por cincuenta papeles.

Exceptuando la «chupa», donde las manchas de sangre habían quedado de un elegante tono oscuro, el resto de la ropa de Adrián había ido a la basura. Santi observó la cara de su hermano. Tenía un ojo entornado, los labios hinchados y la nariz de un color muy poco natural.

–Tengo problemas, Santi.

–Santiago.

Adrián encendió un cigarrillo y se puso a toser como si le pagaran por ello. Comenzó a hablar sin mirar a Santi:

–¿Sabes cómo actúan los mafiosos? No creas que sólo los hay en Sicilia o que van por ahí disparando con escopetas de cañones recortados. Suelen ser personas educadas, bien vestidas, corteses, siempre dispuestas a hacer un favor. De hecho, su sistema es ése: primero dan ellos. Siempre hay algo que uno necesita o desea, ¿no es cierto? Bien, pues ellos te lo proporcionan. Si les preguntas el precio, se ofenden: «¡Por favor, somos amigos; hoy por ti, mañana por mí!»... Y así es como quedas comprometido. Un día te piden un pequeño favor y no sabes cómo negarte. Y antes de que te des cuenta, te has convertido en su lacayo.

Hizo una pausa. A través de la ventana llegaba hasta ellos el ruido del tráfico y el sonido intermitente de alguna sirena.

–Así conocí a un personaje importante –siguió hablando Adrián–. Te confieso que me sentía halagado por su amistad y que acepté determinado favor de él. Luego me pidió ayuda para cierto asunto. No voy a contarte los detalles. Cuanto menos sepas, mejor para ti.

–Vale –dijo Santi poniéndose en pie.

–¿Adónde vas?

Con una mano en la puerta, Santi se volvió hacia su hermano. Observó cómo aplastaba su cigarrillo en un cenicero ya repleto de colillas. Siempre que veía a alguien hacer eso, le daba la impresión de estar tratando con una persona débil. Pero Adrián nunca había sido débil. Realmente, tenía que estar muy mal, y no sólo en el aspecto físico.

–Si no tienes confianza en mí, no vale la pena que sigamos hablando.

–Hazme un favor: siéntate, Santi.

–Hazme tú otro: llámame Santiago.

–Está bien –gruñó Adrián–, siéntate de una maldita vez y escucha.

Santi volvió a tomar asiento. Era una victoria, al fin y al cabo.

–Sacamos a un tío de la cárcel.

–¿Qué?

–Sacamos a alguien de la cárcel –repitió Adrián–. Le ayudamos a fugarse.

–¿Quiénes?

–Bruno y yo.

–¿Cómo?

–El hombre de quien te hablaba, el que me hizo el encargo, tiene contactos en todas partes; entre ellos, Bruno, que es funcionario de prisiones. Bruno se las ingenió para enterarse de cuándo se iba a conducir al preso a prestar declaración en los juzgados. El día de la conducción, asaltamos el furgón gracias a la información que Bruno tenía sobre la ruta y los policías de escolta.

Santi silbó admirativamente, con los ojos muy abiertos.

–¿Asaltasteis un furgón de la policía?

Adrián asintió en silencio.

–Armados y encapuchados, supongo.

Adrián asintió de nuevo.

–Estás loco, tío. Eso es un delito muy grave. Os jugabais la vida.

Adrián se encogió de hombros.

–Ya lo sé, no necesito que vengas tú a decírmelo ahora. A veces hay que jugársela. Prefiero eso a vivir siempre como un «pringado».

–¿Te merecía la pena?

–¿Qué quieres decir?

–Que no creo que lo hicieras sólo por hacerle un favor a tu importante amigo mafioso. Por una cosa así tuvieron que pagaros bien.

–Eres muy listo, hermano. Nos prometieron nueve kilos, seis para Bruno y tres para mí.

Santi soltó un taco.

–¿Y cuál es el problema ahora con Bruno?

–Cree que me quedé con toda la pasta.

Santi se sentía tan excitado con aquella conversación que oía gruñir a su estómago como si llevara tres días sin comer. Permanecía sentado en el borde de la butaca, inclinado hacia su hermano, porque Adrián mostraba dificultades para hablar con claridad.

–¿Y no la tienes?

Adrián encendió un nuevo cigarrillo y le miró fijamente.

–No. Yo tenía que cobrar por los dos. A él lo conoce demasiada gente. Después repartiríamos. Pero nunca llegué a ver el dinero.

Mentía. Santi había crecido observando a Adrián y lo conocía mejor que a cualquier otra persona en el mundo. Sabía que era un buen embustero, pero no con él. Conocía su sistema: hablar muy deprisa y mirar a los ojos. Y eso era lo que estaba haciendo en ese momento.

–No me pagaron. Estaba citado en los lavabos de un teatro...

–¿Tú en un teatro? ¿Y en los lavabos? ¡Eso me huele mal!

–Vale, Santi, muy gracioso..., recuérdame que me ría luego. Me había citado el hombre que nos hizo el encargo, a mí solo, porque Bruno y él no debían correr el riesgo de ser vistos juntos en público. Fui al teatro. A la hora convenida, las doce en punto, me levanté de mi butaca y entré en los lavabos. Antes de llegar a ver a nadie, alguien me atacó por la espalda. Supongo que querían ahorrarse el dinero, hacer que Bruno sospechase de mí, y ponernos así uno en contra del otro. Todo lo que sé es que me dieron un golpe y que perdí el sentido durante unos segundos...

Santi bostezó aparatosamente.

–¿Qué pasa? –preguntó Adrián fastidiado–. ¿Es que te aburro?

–No exactamente. Reconozco que eres un buen narrador, siempre lo has sido. Cuando éramos pequeños, tus cuentos terroríficos me mantenían despierto toda la noche. Sabes que son los detalles los que convierten cualquier historia en una buena historia, así que no los descuidas. Por ejemplo, el de que eran las doce en punto. ¿Podrías decirme cuál era el teatro?

–El Rey Jorge.

–¿El Teatro Rey Jorge? Entonces tu historia es falsa. Has olvidado que soy actor; me conozco de memoria la programación de todos los teatros de la ciudad. El Rey Jorge, como el noventa por ciento de ellos, lleva años ofreciendo función única. Los teatros ya no abren por la tarde y por la noche, como en tus tiempos, hermano. Ahora, la única función es a las ocho. A las doce, el teatro está cerrado.

Adrián sonrió.

–De acuerdo, me has pillado.

Santi afirmó seriamente, sin decir lo que estaba pensando: que sus palabras tampoco habían sido exactas; la cita bien podía haber sido a medianoche, siempre que hubiese tenido lugar, por ejemplo, un sábado, día en que hay funciones dobles en los teatros. Se apuntó la nueva victoria con una sensación que estaba lejos de ser placentera.

–Sigue.

–Había quedado con Bruno en el zoo –prosiguió Adrián–, pero cuando le dije que no tenía el dinero no quiso ni escucharme hasta no haber hablado con el que tenía que pagarnos. Y hoy ha venido, supongo, para darme un aviso y meterme el miedo en el cuerpo.

–Si a mí me hubieran dado una paliza así –dijo Santi contemplando las facciones hinchadas de su hermano–, te aseguro que tendría mucho miedo. Esa bestia ha estado a punto de matarte.

Adrián consiguió sonreír de nuevo. Era la clase de sonrisa que Santi había admirado siempre y que había tratado de copiar durante años. Sólo que ahora Adrián tenía un diente partido.

–Aún no estoy acabado. ¿Quieres hacerme un favor? Mira por la ventana, a ver si hay alguien de guardia, camuflado dentro de un coche o detrás de un periódico.

Santi hizo lo que Adrián le pedía.

–Tengo una dioptría en cada ojo. Desde esta altura no distingo a un hombre de una farola.

–Eres una gran ayuda, Santi.

–¿Qué vas a hacer?

–Me iré en cuanto pueda moverme.

–Estás loco. Te caerás a pedazos por la calle.

–Lo que no voy a hacer es quedarme aquí escondido.

«¿Y no es lo que estás haciendo?», pensó Santi, «¿no es por eso por lo que vuelve el hijo pródigo de pronto, al cabo de dos años?».

Capítulo octavo

Una visita nocturna

DURANTE el resto del día, Adrián no salió de su habitación.

Ni siquiera la madre, a pesar de su insistencia, consiguió entrar para ver lo que le ocurría.

Santi consideraba a su madre uno de los seres más pesados sobre la tierra. De muy niño había sido poco comedor, y su madre le había amargado durante años obligándole a comer a la fuerza repugnantes platos de verduras cuyo olor no podía soportar.

Más tarde, en el colegio, había insistido tanto en que tenía que ser un chico estudioso como lo había sido su hermano («¡mentira!»), que Santi jamás tocaba un libro por el puro placer de llevarle la contraria. En consecuencia, había suspendido una y otra vez. Finalmente, tuvo que repetir uno de los últimos cursos del Instituto, lo que había tenido para él efectos mucho más graves y perdurables de lo que podía sospechar.

En primer lugar, a los diecinueve seguía todavía en el Instituto, lo que en sí ya era un fastidio. Pero, y esto era lo peor, se encontraba sin amigos con quienes charlar entre clase y clase. Todos los que habían sido sus compañeros se habían ido ya, unos a la Universidad, otros a hacer alguno de esos trabajos-basura que ciertos empresarios reservaban a los jóvenes, y otros a vagar por la calle a la caza de alguien que invitase a una caña.

El dinero. El dinero era el otro problema de su vida, pensaba Santi aquella noche, tumbado en su cama y dejando pasar el tiempo con la mirada perdida en el techo. Dinero para invitar a una chica, para salir con un amigo, para comprar una «chupa» nueva, una moto o una colonia que no fuese la que su madre compraba de oferta en el súper de debajo de casa y que olía a caramelo derretido. Unas pocas pelas para llevar en el bolsillo, porque si no llevas pelas en el bolsillo siempre estás vendido, te sientes como un gorrón, un inútil, un paria. Eso era lo primero que aprendía uno antes incluso de llegar a adolescente: si tienes pasta en el bolsillo, es un «puntazo»; si no, es un «palo». Pero ellos no lo entendían, sus viejos no sabían qué significaba «puntazo», qué significaba «palo». Aunque a su manera ellos eran los primeros obsesionados por el dinero. No había más que verlos, todo el día hablando de lo mismo, haciendo cálculos, sufriendo, consumiéndose; incluso las pocas veces que discutían entre sí era siempre por lo mismo: por el maldito dinero.

«Y ahora Adrián. Ahí tieso, al otro lado de ese tabique, convertido en un pingajo..., claro que, bien mirado, nueve millones...».

Bien mirado, nueve millones eran mucha pasta. ¿Suficiente para correr el riesgo de que a uno le rompan un hueso o le ocurra algo peor?

De pronto, le pareció oír la voz de su hermano. Había un teléfono de pared en el pasillo y tuvo la impresión de que Adrián telefoneaba en voz baja para evitar que le oyeran los demás. Era una precaución casi inútil. El padre, que se estaba quedando sordo, tenía el televisor demasiado alto, como siempre. Santi se puso en pie y se acercó a la puerta sin hacer ruido.

–Te lo juro –oyó que decía su hermano–, te lo juro por lo que quieras.

Apenas pudo entender nada más. Adrián terminó de hablar apresuradamente y luego llamó a su puerta con los nudillos.

–¿Puedo pasar?

–Claro.

Entró con paso poco firme, como si le dolieran todos los huesos.

–¿No sales? Todavía es temprano.

–No me ha llamado nadie.

–¿Y por qué no llamas tú?

–¿A quién? Los viejos colegas parecen estar muy ocupados o se han vuelto idiotas de repente. Es como una epidemia.

–¿No estás saliendo con ninguna chica?

–Adrián, tú no has venido a darme una charla paternal. Vas a pedirme algo, ¿no? Pues hazlo.

Adrián se sentó en la única silla de la habitación. Miró distraídamente los libros que se alineaban en la pequeña librería, los viejos carteles de cine que empezaban a tener el color del pergamino.

–¿No tienes tabaco? Es igual. Acabo de hablar con Bruno.

–¿En serio? Vaya, lo vuestro sí que es una historia curiosa. ¿Habéis quedado como amigos?

–No me fastidies, Santi. ¿Me vas a ayudar a no?

–Ya sabes que sí.

–Es necesario que le convenza de que no le he engañado. De lo contrario no parará hasta... bueno, está medio loco, ya lo has visto. Nos hemos citado para mañana, en la plaza de España. Dice que es mi última oportunidad. Le he dicho que apenas puedo moverme, y me ha pedido que envíe a alguien con el dinero. Pero yo no tengo ese dinero. No lo tengo, Santi, y no sé qué hacer.

–Es fácil, compra un billete para el primer avión.

–Es lo que estoy pensando hacer. Pero le he dicho a Bruno que si no podía ir enviaría a alguien en mi lugar. Dice que mande a alguien que lleve un periódico enrollado en la mano, para que pueda reconocerlo.

–Vale, puedo llevar un periódico enrollado, hasta ahí llego. Incluso puedo hablar con ese gorila, aunque es la última persona a la que me gustaría volver a ver. Pero ¿qué ganaremos con eso?

–Tiempo. Necesito tiempo. ¿Lo harás por mí?

–Sí, le diré la verdad, que no tienes el dinero. Que si lo tuvieses no habrías vuelto, que sólo vuelves por aquí cuando las cosas te van mal, porque no te importamos un carajo.

Adrián le puso una mano en el hombro, en un gesto que Santi recordaba de otras épocas.

–Soy yo, soy Adrián. ¿Por qué me hablas así? Sabes que no es justo. No voy a recordarte que te he sacado más de dos veces de apuros. Y quiero a los viejos. He tenido más paciencia con ellos que tú mismo.

–Eres Adrián, pero no eres el mismo Adrián. Algo te ha cambiado. Ha sido la cárcel, ¿verdad?

–Has visto demasiadas películas. Me cambió lo que nos cambia a todos: la vida.

La mirada de Adrián se había endurecido.

–¿Qué te figuras que es la cárcel? Palizas, torturas, violaciones..., ésa es la imagen que has aprendido en el cine. La realidad es mucho más vulgar. Lo peor de la cárcel es la suciedad, la rutina, las chinches. Uno se rapa el pelo y procura ducharse de vez en cuando, pero eso no basta. Y el ruido. Por las noches los aparatos de radio de las otras celdas no permiten pegar ojo. Y la comida, que es tan mala como en el ejército. Claro que todo puede solucionarse con dinero. Puedes ducharte a diario, si pagas, y puedes conseguir algo para tapar la taza del retrete que hay en cada celda, y comprar comida del economato, y ordenar a un «pringado» que mate a las ratas que te molestan y se las lleve al patio, donde se juega al fútbol con ellas. En la cárcel casi todo se puede comprar con dinero.

–Según eso, estar dentro es exactamente como estar fuera.

–No es exactamente igual. Hay una diferencia. ¡Fuera, en la calle, puedes ir donde quieras! ¡Puedes caminar en línea recta durante kilómetros!

–Así que conseguiste una pistola y te dijiste que harías cualquier cosa con tal de conseguir dinero.

–Sí. ¡Sí! Pero no he acabado. ¿Sabes cómo se anda en la cárcel? En círculos. Una vuelta al patio, otra vuelta, otra más, arriba, abajo, arriba, abajo, y así todo el tiempo; media vuelta, unos pasos, media vuelta. En la celda es lo mismo, sólo que peor: los pasos no son cuarenta, no son veinte, ¡son tres! Tres pasos y media vuelta. Tres pasos y media vuelta. Hasta que te entra una especie de vértigo y te caes de bruces en el catre con su asqueroso jergón de paja lleno de parásitos.

Adrián se detuvo mirándole con ojos ardientes. Tal vez las heridas le habían producido fiebre. Se puso en pie y levantó la voz sin darse cuenta:

–Una pistola para poder andar en línea recta, eso es. Para poder caminar por donde yo quiera sin estar sometido. No espero que lo entiendas, en realidad no, tendrías que haber vivido lo que he vivido yo. ¿Sabes lo que hice el día que salí? ¿Crees que fui a un buen restaurante, a beber, a buscar una mujer? ¡No! ¡Fui a caminar! ¡Anduve de un extremo a otro de la ciudad! Carabanchel, Aluche, Campamento, la Casa de Campo, el paseo de Extremadura, el río, el Viaducto, la plaza Mayor, Sol, todo el centro, y luego varios kilómetros Castellana arriba hasta más allá de la plaza Castilla, hasta la estación de Chamartín, donde tomé un tren. Eso fue lo que hice. Andando desde media mañana hasta el anochecer.

–Está bien, Adrián, déjalo ya.

–¿Está bien? No me digas lo que está bien y lo que está mal, no me lo digas nunca tú que aún no sabes lo que es la vida ni las razones que puedo tener para hacer cosas que no te gustan. Cuando estuvimos en el zoo te dije que ver a aquellos animales encerrados me deprimía. Algunos de ellos saben lo que es la libertad, no todos han vivido siempre en cautividad. Hay seres que en cautividad mueren, sencillamente, se dejan morir. Yo soy como ellos. Nací libre y pienso morir libre. Nadie va a encerrarme nunca más, nadie me llamará por un número ni me hará formar con el resto del rebaño. Haré cualquier cosa para no volver a pasar por eso. Cualquier cosa. Y te diré algo que no te va a gustar: sólo conozco un modo de no depender de nadie, y es el dinero. Tener dinero suficiente para poder vivir mi vida a mi aire. Para mí, el dinero no significa la posibilidad de comprar cosas, de medirme con los demás, de librarme de molestias y dificultades; para mí es el medio que me permitirá dar una patada en el culo al resto del mundo.

–Gracias –dijo Santi.

–Vamos, tú sabes que siempre tendrás un sitio a mi lado.

Santi suponía que su hermano esperaba de él alguna clase de declaración trascendental, y eso le ponía incómodo.

¿Tenía Adrián, después de todo, algo en común con el padre de ambos, quien pensaba que sólo había un modo de ver las cosas y que ése era el suyo? Sabía cuál era su respuesta: «El dinero no te hará libre; presiento que no es más libre aquel que más dinero tiene, sino el que menos lo necesita». Pero una especie de pudor le impedía formularla en voz alta, porque se reconocía incapaz de aplicar aquel lema, a rajatabla, en su propia vida.

–Todo lo que puedo decir es que no quiero ser como tú, Adrián.

Adrián le miró con una mirada irremediablemente adulta, la mirada de la decepción y el escepticismo.

–Nunca te he pedido que seas como yo, Santiago.

Era la primera vez que le llamaba así, y en cierta forma Santi intuyó que algo se había roto definitivamente entre ellos.

Deseó hacerle reaccionar, ser capaz de pegarle en la mandíbula («pero debe de tenerla de hierro; ni siquiera Bruno ha podido con ella»). Al mismo tiempo, empezó a sentir algo extraño a lo que sólo podía dar el nombre de liberación, y que era como esa mezcla de sentimientos que se experimenta cuando una vieja herida o una enfermedad que nos ha acompañado durante demasiado tiempo desaparece al fin. «Nunca sabrás lo importante que fuiste para mí», gritó con rabia su mente.

* * *

Esa misma noche, un pájaro se coló por la ventana abierta, revoloteó alocadamente por encima de la cama de Santi, chocó con un mueble y volvió a salir sin darle tiempo a reaccionar.

Santi pensó que la visita de un pájaro era un mal presagio.

Capítulo noveno

Ella, él y el otro

SANTI odiaba el metro. Procuraba tomarlo lo menos posible porque detestaba el olor, la sensación de claustrofobia. Tal vez todo fuese consecuencia del atraco que había sufrido un año antes en un vagón de la línea 2. A pesar de ello, fue a la estación más cercana. El metro era el medio más rápido y disponía del tiempo justo. En ningún momento tuvo la impresión de que alguien le siguiera.

Hizo un transbordo y continuó hasta Plaza de España. Allí salió del vagón y recorrió el andén sin saber que, entre la multitud –era hora punta, las siete de la tarde–, alguien mantenía la vista clavada en su espalda.

Había varios tramos de escaleras, fijas y mecánicas, para subir a la calle. Las mecánicas no funcionaban. Tendría que subir a pie. Ciento cincuenta y un peldaños: los había contado por puro masoquismo. Los adultos llegaban arriba sin aliento y con calambres en las rodillas; a él, con el ejercicio, siempre le entraba hambre.

Empezó a contar. Treinta y un peldaños en el primer tramo, luego los dos tramos mecánicos de sesenta peldaños cada uno. Aún había otros veinte ya en el exterior, para llegar al nivel de la calle. Pero fue antes de eso cuando sucedió. Se presentó como una sensación de alerta. En lo alto, en el techo, había grandes dibujos que representaban los signos del Zodiaco; era la primera vez que se fijaba en ellos. ¿Por qué tenía la impresión de que debía permanecer especialmente atento a los detalles del entorno?

Las personas que le precedían olían a sudor, a tabaco, al cuero de sus cazadoras. Santi se preguntó cuántas vacas serían necesarias para fabricar aquella asombrosa cantidad de cazadoras que usaban los ciudadanos. ¿Cien mil vacas al año? ¿Un millón de vacas? ¿Cuántas cazadoras saldrían de cada vaca?

Procuró no pensar en semejantes tonterías. Era curioso que la mente se distrajera con cosas así cuando se necesitaba un máximo de lucidez. El periódico enrollado en su mano, el desconocido que le esperaba arriba, en la plaza, la preocupación de Adrián (el pánico de Adrián, para llamar a las cosas por su nombre) no eran cosa de broma. Pero al tiempo que su mente se distraía, sus sentidos estaban más despiertos que de costumbre. Había, por ejemplo, un olor cerca de él... ¿qué era exactamente? Un champú, un champú de olor poco habitual, a hierbas frescas, que le recordaba a alguien.

Se volvió justo cuando llegaba a la calle, cuando el viento, el viento helado que azota a menudo la plaza de España, revolvía sus propios cabellos, largos casi hasta los hombros.

Se volvió y la vio, tras él.

Ella sonrió. No pretendió ocultar que le estaba siguiendo.

Santi se quedó inmóvil, a mitad de la escalera, de modo que los transeúntes podían ver desde la calle sólo su cabeza, casi como si fuera la de un decapitado. Hubiera querido corresponder a aquella sonrisa, decir algo brillante sobre el azar en las grandes ciudades o sobre canguros, pero las palabras no le salían.

–Eres tú... –dijo tontamente.

Ella vestía una parka de colores vivos, vaqueros desgastados y botas. Llevaba los ojos maquillados, y Santi se preguntó si en honor a él.

–Hola, Santi.

–¿Cómo sabes mi nombre?

Estaban obstaculizando el paso de los viajeros que salían o entraban al metro, pero no se habían dado cuenta, ni siquiera advertían los empujones.

–¿No te acuerdas? –dijo ella.

Y entonces, sin saber cómo, él recordó. «El patito feo», pensó. «¿Cómo no la reconocí el otro día? Pero cualquiera la reconoce».

–¿Y tus gafas?

Ella se echó a reír.

–Ahora uso lentillas.

No, no era una conversación brillante. Pero ella estaba allí, ¿no? y eso era lo importante, y le había seguido.

–Cris...

–Te dije el otro día que nos veríamos pronto.

–Dijiste «Hasta pronto», pero creí que sólo era una forma de hablar. ¿Cómo me has encontrado?

–Por casualidad. Te he visto tomar el metro. Según parece, ahora somos casi vecinos. Nos mudamos de casa hace poco.

–Espero que seamos amigos antes de que te vuelvas a mudar.

De pronto, el peso del periódico enrollado –demasiado peso para un simple periódico enrollado– se hizo más patente, recordándole que llegaba tarde a la cita.

Subió los peldaños que quedaban hasta alcanzar la calle. Cris se emparejó con él sin decir nada.

–No puedes venir conmigo.

–¿Por qué no?

Resopló irritado, sin saber cómo librarse de ella. A la salida del metro había un paso para peatones. Al lado, un coche permanecía aparcado con el conductor en su interior. Era un milagro que la policía de tráfico no le hubiese ordenado alejarse de allí. Los ojos de Santi se encontraron con los del hombre que estaba al volante. Se dio cuenta de que él miraba el periódico. Se lo cambió de mano, sin saber qué actitud adoptar, y se volvió hacia Cris.

–Tengo una cita aquí. Es mejor que te vayas.

Ella le miró fijamente. Todo lo que Santi sabía de psicología no hubiera bastado para llenar medio folio, pero aun así supo perfectamente la clase de chica que era ella con sólo ver esa mirada.

–No me iré –dijo Cris–, a menos que la cita sea con tu novia.

La clase de chica que no consiente que nada se oponga a su voluntad.

–No se trata de eso. Mi hermano... Bueno, el caso es que hay mucho dinero en juego y que el hombre a quien voy a ver... –Santi se interrumpió, cada vez más nervioso, sin saber cómo proseguir su explicación–. Puede ser muy peligroso.

–Suena emocionante… Me apunto –respondió Cris tranquilamente.

Santi se encogió de hombros. «Bueno, no van a matarnos a los dos en medio de la plaza de España», pensó.

Miró hacia Bruno, que había bajado el cristal de la ventanilla. Tenía un ojo medio cerrado y un esparadrapo en el cráneo.

–¿Puedo llevaros a algún sitio? –preguntó Bruno con voz perfectamente educada.

Santi frunció el ceño y le miró hoscamente para parecer más adulto, pues había descubierto que una de las cosas que distinguen a los adultos es el hábito de gastar mal genio sin motivo. Se sentó al lado del hombre mientras Cris ocupaba tranquilamente el asiento trasero.

–No sabía que tendría que tratar con dos críos –dijo el hombre mientras ponía el coche en marcha.

Tenía los ojos grises. Santi había leído en una novela policíaca que los asesinos suelen tener los ojos grises. Los de aquel hombre parecían dos pedazos de metal.

–Adrián no ha podido venir.

El coche inició la subida por la calle Princesa arriba, hacia Moncloa.

Bruno se puso un cigarrillo en la boca sin encenderlo. Santi, que no fumaba, estuvo a punto de pedirle uno para relajarse, pero eso hubiera significado una desventaja psicológica y renunció. Bruno puso la radio: música brasileña, Vinicius de Moraes, o Toquinho, o uno de ésos, Santi no los distinguía demasiado bien. El cielo, a esa hora del anochecer, tenía el tinte rojizo que a menudo presenta Madrid a causa de la contaminación; la luna, en cuarto creciente, semejaba el recorte de una uña. Atrás, Cris permanecía en silencio. Casi podía oírla respirar.

Se volvió hacia ella y le dirigió un amago de sonrisa. Ella también sonrió, pálida en la penumbra.

Vio que se adentraban en la Ciudad Universitaria. Facultades, Colegios Mayores, avenidas desiertas. Era un Madrid distinto: sólo alguien que corría en chándal o que ponía el coche a punto; los edificios parecían abandonados y los paseos estaban más solitarios, debido a las vacaciones de Semana Santa, que en cualquier otra época del año. Si se veían en la necesidad de pedir auxilio, iban a quedarse afónicos antes de que alguien les oyese. «Mamá va a llorar a mares cuando le digan que han encontrado mi cuerpo, y papá encargará el mejor ataúd, o, como diría Antonio, un buen pijama de madera».

Bruno detuvo el coche y puso una mano, como tenaza de acero, en el hombro de Santi. Sonreía. Santi pensó que alguien había dado a aquel hombre uno de esos cursillos sobre técnicas para convencer. Sus ojos grises, sin embargo, no sonreían.

–Tira eso, chico –dijo suavemente.

A esas alturas, Santi se había olvidado por completo del peso que llevaba en sus rodillas. El periódico enrollado se abrió y el tubo de plomo que había ocultado dentro cayó al suelo. Él mismo, de no haber estado sentado, también se hubiera caído.

Pero siempre había presumido de ser rápido de reflejos. Abrió la portezuela y sacó un pie fuera.

Bruno también era rápido. Le cogió del pelo y tiró con todas sus fuerzas. Al mismo tiempo, con la otra mano, abrió la guantera. Dentro había una pistola.

–No te muevas, Cris –pidió Santi al oír que ella se rebullía en el asiento de atrás.

En ese momento le preocupaba más ella que él mismo. «Lo siento, Cris, no quería meterte en esto».

–Sólo hemos venido para darte un mensaje de Adrián –dijo entre gestos de dolor, ya que el otro no le soltaba el pelo–. Él no lo hizo.

–No hizo ¿qué?

«Dios, si salgo de esta me raparé el pelo al cero».

–No se quedó con la pasta. Ni siquiera llegaron a pagarle.

–¿Me tomas por tonto? Dime dónde está el dinero.

–Adrián no lo tiene.

–¿No?

Bruno le soltó. Parecía a punto de triturar el cigarrillo con sus mandíbulas. Santi se apoderó de la pistola.

–Mira –dijo Bruno tan tranquilo como si la pistola la tuviese él–, si no me dices ahora mismo todo lo que sabes, te voy a romper los brazos. ¿Has oído alguna vez el sonido de un hueso al romperse? Es como cuando aplastas una nuez.

«No tiene sentido, la pistola la tengo yo».

Santi carraspeó, echó un rápido vistazo a Cris, que permanecía inmóvil y muy pálida, y dijo:

–Me parece que no te has enterado de quién manda ahora.

El otro hizo un movimiento tan rápido que la vista de Santi no fue capaz de seguirlo. Fue como el golpe de un karateca. La pistola cambió de poseedor como si hubiera saltado sola al encuentro de su dueño. Bruno la aproximó a su boca, apuntándose a sí mismo. Por un momento, Santi creyó que se iba a suicidar delante de ellos, y que sus sesos se esparcirían por todo el coche.

Bruno apretó el gatillo. Y acercó al cigarrillo la llamita de la pistola-encendedor.

–Te romperé los brazos, en serio... –insistió, como quien prosigue una agradable conversación interrumpida–. Te quedarán colgando como los extremos de una bufanda.

Santi sintió que se ponía enfermo.

–No sé nada, sólo que alguien golpeó a Adrián y cuando volvió en sí se habían largado sin pagarle. Eso es lo que mi hermano me ha contado.

–Ya.

No le creía, y a Santi no le extrañó. A él mismo le resultaba difícil de creer.

Bruno tiró el cigarrillo y ordenó:

–Salid del coche.

Se apeó él primero y dio la vuelta para abrirles las puertas. Santi vio el filo de sus manos, encallecido, como roca viva, y comprendió que podía romperles el cuello de un solo golpe.

A pesar de todo, lo intentó. Había jugado al fútbol, y su especialidad era rematar de cabeza; se decía que tenía la cabeza más dura del instituto, que era capaz de romper con ella el larguero de la portería. Embistió con todas sus fuerzas.

–¡Corre!

Cris y él echaron a correr, de la mano, en la oscuridad de la noche.

Bruno no se molestó en correr tras ellos. Santi oyó un rugido y descubrió que lo que Bruno estaba intentando era mucho más efectivo. El coche. En pocos segundos, lo tuvieron pisándoles los talones.

Capítulo décimo

Ella y él

SE internaron en un descampado, entre los edificios de las Facultades. El terreno era muy desigual. Santi pensó que el coche no podría seguirles por allí. «No podrá, no podrá». Pero pudo. «Buen coche, mala suerte». Ya estaba a su altura.

Hizo lo único que podía hacer. Soltó la mano de Cris y la empujó mientras él saltaba a un lado. Como esperaba, el coche se fue a por él. Oyó el grito de Cris, que rodaba por tierra, y sintió el coche tan cerca que la chapa le abrasó al rozarle.

Empezó a despedirse de su columna vertebral. Se volvió. Bruno abrió la puerta de golpe y el impacto derribó a Santi.

Desde el suelo, Bruno parecía enorme. Le cogió por el cuello y apretó.

–Ahora vas a hablar.

Las sombras de los árboles se inclinaban hacia ellos.

Un viento frío movía los cabellos de Santi. Hubiera querido hablar, pero no podía. El hombre lo comprendió y aflojó la presión.

–Le diré lo que quiera.

–¿Dónde está el dinero?

–Adrián no lo tiene, se lo juro.

Bruno le dio un puñetazo entre los ojos. Fue como si le hubieran abierto el cráneo con un soplete. Cayó de espaldas, aturdido. Bruno rió suavemente.

Aún se estaba riendo cuando Cris, a su espalda, le sacudió con la rama de un árbol. Santi se incorporó y echó a correr. De algún modo, Cris se las arregló para alcanzarle. Fue muy confortante sentir otra vez su mano asiéndole con fuerza.

–Gracias.

–Corre y calla.

Un segundo más tarde, oyeron las zancadas de Bruno.

Era un tipo perseverante y corría tanto como ellos. A Santi le pareció sentir su aliento en la nuca.

El paraje estaba muy oscuro y, por el momento, el golpe había dejado desorientado a Santi. No veía dónde pisaban. Piedras, matorrales, algún charco. No podía volverse, no podía pararse, no podía correr mucho tiempo a aquel ritmo.

A juzgar por la respiración entrecortada de Cris, a ella le pasaba lo mismo.

Sin saber cómo, fueron a parar a una calle asfaltada. Había un coche aparcado a poca distancia. Santi se lanzó en aquella dirección confiando en que hubiese alguien en su interior.

–¡Socorro!

Cris, que probablemente había aprendido algunos trucos útiles para las potenciales víctimas de un violador, lanzó un grito más efectivo:

–¡Fuego! ¡Fuego!

Dio resultado. Dos cabezas aparecieron en la ventanilla del coche. El hombre llevaba unas gafas en la frente, como un aviador. La chica no iba muy vestida. Los miraron tan sorprendidos, que no reaccionaban. Santi empezó a forcejear para abrir la puerta del coche. Estaba cerrada con seguro.

–¡Por favor! ¡Quieren matarnos!

Bruno se había detenido a unos pasos y contemplaba la escena. El hombre de las gafas en la frente puso en marcha el coche. Su chica chillaba como una rata.

–¡Ayúdennos! ¡No nos dejen aquí!

Pero el coche arrancó sin miramientos. Santi le dio una patada a la carrocería (por un momento pensó que se había roto el pie, y hasta le pareció oír que sus metatarsianos crujían como nueces) y gritó el insulto más fuerte que conocía.

–La gente se ha vuelto insolidaria –comentó tras ellos Bruno–. Sigamos con lo nuestro, chicos.

Santi cogió una piedra de buen tamaño y se la lanzó con rabia. Le pareció que le había alcanzado en una oreja. Bruno gritó de dolor.

–¡Corre, Cris!

Tiró de ella y ambos corrieron a ciegas. Atravesaron otras calles, otros campos. Corrieron hasta que Santi empezó a sentir que el aire que pasaba por su garganta era puro fuego y que las sienes le percutían como un tamtam.

–¡No puedo más! –imploró Cris.

Él tampoco.

A espaldas de un edificio envuelto en la más protectora oscuridad, se zambulleron en unas zarzas sin preocuparse por los arañazos.

Allí esperaron, acechando los menores sonidos, durante mucho tiempo. Santi imaginaba a Bruno agazapado en alguna parte a la espera de que se delatasen, o arrastrándose sigilosamente para sorprenderles por detrás. Tenía la frente cubierta de sudor frío. Le dolía la cabeza, le dolía el pie, le dolía todo.

Finalmente se atrevió a ponerse de pie. Miró en derredor. Nada. Cris se levantó también. Santi rodeó sus hombros con un brazo y descubrió que eso le tranquilizaba. La cabeza de ella le llegaba a la altura del hombro. Estuvo a punto de abrazarla, pero temió que le rechazase y no se atrevió a hacerlo.

–Tranquila –dijo, protector.

–¿Estás bien?

Su memoria de cinéfilo le brindó la respuesta:

–Como dijo Kevin Costner en *Un mundo perfecto:* «Considerando la situación, me siento bastante bien».

Ella levantó el rostro hacia él, sonriente. ¿Qué era eso que había en los ojos de Cris? ¿Admiración? Resultaba bastante agradable.

Al parecer, Bruno había desistido. Santi pensó que al fin y al cabo sabía dónde vivían Adrián y él, y si no se daba por satisfecho (seguro que no) pronto recibirían de nuevo su visita.

Echaron a andar, y poco después llegaban a una zona de chalets y clínicas de lujo con calles todavía poco transitadas. No aflojaron el paso hasta encontrar una boca de metro.

El aire cálido y maloliente les envolvió mientras bajaban las escaleras.

Se dio cuenta de que aún seguían cogidos de la mano. Cris tenía el pelo revuelto y un par de arañazos. Estaba preciosa.

Al llegar al andén, se decidió:

–¿Quieres ser mi chica?

Ella no dijo nada, pero tenía los labios entreabiertos y no se retiró cuando él inició el beso.

Capítulo undécimo

Las chicas mandan

SALIERON a la calle en la parada más próxima a la casa de Santi. Cris repitió que también vivía muy cerca, y Santi pensó que, tras el encuentro en el zoo, semejante coincidencia, en una ciudad de cuatro millones de habitantes, era casi una señal del destino.

Echaron a andar despacio, como si los dos quisieran retrasar el momento de despedirse. El aire era tibio y el estruendo habitual de la ciudad se había atenuado hasta un simple murmullo. Santi cogió la mano de Cris, y su contacto firme y cálido le devolvió a la memoria la imagen de una niña sentada en un escenario polvoriento que mantenía las palmas de las manos contra las de él.

–Aquel día, el del ensayo…, ¿te acuerdas?..., me di cuenta de que... No sé, sentí algo muy extraño. Si hubieras vuelto alguna vez, te habría pedido que salieses conmigo. Pero no volviste nunca.

–Ahora estoy aquí.

–Ahora estás aquí –murmuró Santi, odiándose por no ser capaz de decir algo más brillante.

–Estabas coladito por aquella rubia, Lola… –sonrió Cris con cierta malicia–, igual que los otros. Ni siquiera te fijabas en mí.

–¿Lola era rubia? ¿De veras? Nunca me gustó –mintió descaradamente–. La que me gustaba eras tú.

–El patito feo. Así es como me llamabais, ¿verdad?

Santi evocó la figura menuda e insignificante, las horribles gafitas y la melena mal cortada.

–Así que lo sabías...

–Una chica siempre se entera de esas cosas.

Cris se detuvo en una esquina. No estaban lejos de la casa de Santi.

–No hace falta que sigas acompañándome. Mi casa está ahí mismo.

–Ese bestia podría habernos seguido, y atacarte. Él no sabe que no tienes nada que ver con lo que haya podido hacer mi hermano.

–Ya que lo mencionas, ¿qué es lo que ha hecho tu hermano? ¿Volar el Parlamento?

–A mí también me gustaría saberlo.

–Entiendo, no es cosa mía.

–No, no, es que yo mismo no lo sé. Todo lo que sé es que en alguna parte hay nueve millones de pesetas procedentes de un delito, y ese hombre piensa que las tiene mi hermano. Ya has visto que es capaz de cualquier cosa. Siento haberte metido a ti en el lío. Te dije que podía ser peligroso.

–Es un asunto chungo –dijo ella, que sólo de tarde en tarde usaba las expresiones más habituales entre la gente muy joven–. ¿No tienes miedo? De todas formas, creo que haces bien en ayudar a tu hermano.

Empezaba a soplar el viento, y Santi, galante, le subió el cuello de la parka a Cris.

–Tengo que irme –dijo ella–. Lo he pasado horriblemente, pero nunca había sido tan emocionante salir con un chico.

–¿Has salido con muchos?

–Eso no es asunto tuyo –respondió Cris sonriendo.

–¿Me das tu teléfono?

–No.

Santi pensó que probablemente quería jugar con él, aunque no parecía de esa clase de chicas. «De todas maneras, todas las chicas son de esa clase. Pero el caso es que me gusta. Me gusta mucho».

–¿Por qué no?

–Si lo que quieres es que volvamos a vernos, yo te encontraré a ti.

–¿Pronto? ¿Mañana?

–Ya veremos.

Santi se encogió de hombros, resignado.

–En fin, ya se sabe, las chicas mandan.

Ella se puso de puntillas, le besó una vez y se alejó corriendo.

* * *

La casa estaba oscura y silenciosa. Santi se metió directamente en el baño y se contempló en el espejo, preguntándose cómo le veía Cris.

Descubrió que tenía un chichón del tamaño de una pelota de golf, y que tanto su ropa como él necesitaban un lavado urgente.

–Eres tonto –le dijo a su imagen–, ella sólo tiene dieciséis años.

Se desnudó y se metió bajo la ducha. Después se enrolló una toalla a la cintura y fue al cuarto de Adrián.

–Observarás que llevo un diseño a lo Ben-Hur –dijo, al tiempo que empujaba la puerta.

Pero no hubo respuesta.

La habitación estaba vacía. Adrián había desaparecido.

Capítulo duodécimo

Antonio

EL John Silver estaba desierto. Antonio bostezaba detrás de la barra, mirando la televisión, a la que había quitado el sonido.

–Es la única forma en que la soporto. ¿Qué haces aquí a estas horas, Santi? Es muy temprano, ni siquiera es mediodía.

–Ponme un doble, anda.

–¿Un doble de qué? ¿No sabes que está prohibido servir a menores? Te pondré un mosto.

–¿Sabes algo de mi hermano?

–¿Qué quieres decir?

–Ha desaparecido.

–Vamos, ¿me estás tomando el pelo? Tu hermano no puede dar más de dos pasos sin ayuda, y ahora menos que ayer. Una paliza te empieza a hacer efecto al cabo de unas cuantas horas, créeme. Dudo que haya podido moverse por sus medios.

–Pues es lo que ha hecho, a menos que se haya escurrido por el desagüe de la bañera. Oye, ¿me harías un favor?

Antonio podía tener poca imaginación para las bromas, pero sabía estar a la altura debida cuando se le solicitaba ayuda. Su rostro de viejo borrachín, tan tosco como el de un ex-boxeador, adquirió una expresión de seriedad.

–Lo que quieras.

Santi sabía que podía contar con él. Una vez, Antonio le había confesado que él le recordaba a su hermano pequeño, muerto en accidente. Como muchos viejos bebedores, era un sentimental.

–Tú conoces a toda clase de gente, tienes amigos hasta en la policía. Podrías intentar averiguar quién fue el preso al que ayudaron a fugarse hace unos días.

–Habrá muchos. Si las cosas no han cambiado en los últimos años, este país tiene el récord de fugas de presidiarios de toda Europa.

–No se escapó de la cárcel, sino de un furgón de la policía.

–Una «lechera».

–Como se llame. Dos hombres asaltaron el vehículo y le pusieron en libertad a punta de pistola.

Antonio se volvió, escogió una cinta y puso la música muy alta como para impedir que alguien pudiese escucharles.

–Dylan. ¿Sabes quién es Dylan, colega? Escribió algunas de las mejores canciones de los últimos treinta años. Escucha, no necesito contactos para responderte a eso... Todo el mundo lo sabe: el que se fugó es Boira.

–¿Boira? ¿Y quién es ése?

–Un ex alto cargo, un mafioso de los que controlan el mercado de la droga en España. ¿En serio no sabes quién es? Los periódicos hablan de él todos los días.

–No leo periódicos.

–También la televisión.

–De la televisión sólo me interesan algunas películas y los videoclips. ¿Qué sabes de esa fuga?

–Nada. Nadie sabe nada. Se dice que los que llevaron a cabo el trabajo eran profesionales o tenían contactos dentro. Uno o dos partidos políticos amenazaron con hacer una interpelación en el Parlamento para pedir cuentas al Gobierno por su posible complicidad.

–Entonces es un asunto importante.

–Puedes jurarlo.

–Y hablando de otra cosa, ¿qué sabes sobre Bruno?

–Que es un hijo de perra.

–Eso ya lo sé, pero aparte de eso.

Antonio se encogió de hombros.

–Nos conocimos en Carabanchel, yo como interno y él de funcionario. Te lo juro, no me gustaría volver a encontrarme con él.

Un hombre entró en el bar y pidió un café. Santi paladeó el mosto que le había puesto Antonio, que era demasiado dulce para su gusto, y esperó a que el cliente se fuera. No había tomado nada sólido desde el desayuno y sentía hambre; preguntó a Antonio si la tortilla de patata que tenía en la barra era reciente.

–Es del mes pasado, y está de promoción, dos pinchos al precio de uno. Sobre el asunto ése de la fuga, ahora recuerdo que me quedé con la impresión de que la policía estaba ocultando algo. Lo hacen a menudo, para no echar a perder una pista o para proteger a alguien. ¿Hay algo más que quieres que te averigüe?

–No creo que puedas ayudarme –dijo Santi atacando la tortilla–. Lo que tengo es eso que llaman un dilema moral. Hay alguien a quien se supone que yo debería creer, pero no lo consigo. Sospecho que no me dice la verdad, y daría cualquier cosa por saberla.

–Generalmente, esas verdades no valen el precio que hay que pagar por ellas.

–Buena frase. Tus frases son mejores que tus tortillas. Si la policía hubiese encontrado en ese furgón, o «lechera», las huellas dactilares de uno de los asaltantes...

–¿Has estado leyendo novelas policíacas, Santi? No te creas ni la mitad de lo que dicen. La «pasma» de este país no pone mucho empeño en todas esas zarandajas de huellas y demás. No suele ser con esos métodos como consiguen hacer una detención. Prefieren ir por ahí hablando con unos y con otros: taxistas, camareros, pequeños «camellos»... Te sorprenderías de la cantidad de confidentes que tienen.

La puerta del John Silver se abrió de nuevo y entraron dos amas de casa, locuaces y curiosas, que pidieron café y algo para mojar.

–¿La ensaladilla está hecha hace poco, por lo menos? –preguntó Santi.

–No sé, me la traspasaron con el bar.

–Ya sabes adónde te puedes ir, Antonio.

–Y tú lárgate de una vez, que mi barra se desacredita si tiene un niño pegado a ella todo el día.

Santi ya estaba en la puerta. De pronto se quedó inmóvil y sus ojos se agrandaron por la sorpresa.

Una chica caminaba por la acera de enfrente, casi justo delante de su propia casa. Iba con un tipo muy alto que llevaba en la mano un casco de motorista. Ella le agarraba a él por la cintura. El chico, de la edad de Santi, parecía uno de esos duros que, al menos en público, se limitan a dejarse querer.

–¡Cris!

Apenas fue un susurro, pero de algún modo tuvo la virtud de hacer que Cris se diera la vuelta y mirara tras de sí como si hubiese presentido algo.

Santi retrocedió aproximándose de nuevo a la barra.

–Antonio, ponme algo, en serio.

A la vista de su expresión sombría, Antonio le sirvió una cerveza sin hacer bromas.

–Todas las tías... –empezó Santi.

–Chis..., chis..., no lo digas, muchacho. Hay señoras delante.

Capítulo decimotercero

Complicaciones

ERA jueves. No un jueves cualquiera sino un día atípico. Y no parecía en modo alguno que aquel jueves reluciera como el sol, según un viejo refrán piadoso que a Santi le había enseñado su madre cuando era muy pequeño.

Durante la comida se habló, naturalmente, de Adrián. Todos expresaron por turnos su opinión de que a Adrián no le habría ocurrido nada malo, sino que seguramente habría tenido otro de sus impulsos de desaparecer sin avisar. Pero algunas serviciales vecinas habían puesto a mi madre al corriente de la pelea entre Bruno y su hijo, y no podía ocultar su temor.

Hubo uno de esos momentos de rara comunicación sin palabras que a veces se dan entre los miembros de una familia cuando la madre derramó el café y dejó escapar un sollozo antes de correr a encerrarse en la cocina.

El padre de Santi trabajaba en una gran empresa desde hacía muchos años. Su trabajo era lo más importante de su vida, y el encontrarse de vacaciones desde hacía casi una semana le producía una cierta desorientación, como si se sintiese ajeno a su propia casa, que Santi no dejó de notar. Pensó en el cometido de su padre: llevar el control de las mercancías y comprobar que la carga de los transportistas coincidiera con los albaranes de envío. A su padre le parecía un trabajo de la mayor importancia, pero él lo consideraba una estupidez. Se preguntó cómo era posible que, siendo su padre tan meticuloso, todavía no se hubiese hartado de él algún camionero y le hubiera dado algún golpe.

En cuanto a su madre, Santi sabía que tenía un pequeño secreto. Era precisamente los jueves cuando llevaba a cabo su escapada. Santi había descubierto por casualidad que los jueves iba a un bingo del centro. Siempre se las arreglaba para estar de vuelta un poco antes de que el padre regresase del trabajo, y si se retrasaba decía que había ido a comprarse medias. Al padre no parecía extrañarle que ella necesitase salir al centro a comprar medias cincuenta y dos veces al año.

Esa tarde Santi se preguntaba si su madre saldría sola como siempre, y se avergonzó un poco de haberlo pensado cuando vio que se marchaban los dos juntos. Sin duda iban a pedir consejo, tal vez a asesorarse con el tío rico de la familia, al que todos consultaban como si fuese un oráculo. Pero en aquella ocasión poco podía hacer nadie. Tenía la impresión de que Adrián no volvería.

Esperó a que se fueran, y una vez dueño de la casa se dirigió al cuarto de Adrián y empezó a registrarlo de arriba abajo.

Conocía de memoria el lugar que ocupaba cada una de las cosas. Durante los dos años de ausencia de su hermano, había utilizado aquella habitación muchas veces. Un piso de clase media no permite tener una habitación cerrada a la espera de la vuelta del hijo pródigo. Aunque a primera vista no descubrió nada nuevo, se propuso registrar centímetro a centímetro en busca de cualquier pista.

Empezó por las paredes, que tenían un papel pintado más oscuro en unas zonas que en otras a causa del sol o de la calefacción. Miró detrás de las dos litografías de ciudades alemanas o austríacas, tan viejas como el piso. Un póster de una chica culturista marcando bíceps se desprendió de las chinchetas con un crujido de cosa viva. Inspeccionó uno por uno los cajones del armario, aunque suponía que Adrián nunca utilizaría un escondite tan vulgar.

De pronto, le sobresaltó el ruido del teléfono.

–¡Eureka! –gritó alguien en su oído.

–¿Qué?

–¡Eureka! Es una palabra griega. Significa «Lo encontré».

Era Antonio.

–¿Has encontrado a mi hermano?

–Tú no me dijiste nada de buscar a tu hermano. Lo que me dijiste fue... Bueno, será mejor no hablar de esto por teléfono. Nunca se sabe.

Seguramente esperaba que Santi le siguiese el juego, pero se sentía demasiado impaciente para hacerlo.

–Vamos, dime qué es lo que has averiguado.

–Es acerca de la fuga de Boira. Un dato que no trascendió a la prensa. Habrás de tener mucho cuidado de no dejar escapar una palabra, Santi. La policía lo considera una pista importante.

–Bueno, ¿me vas a decir qué es de una vez?

–Viene alguien, tengo que colgar… ¿Vas a estar en casa?

Santi supuso que cerraría el bar en cuanto pudiese y que subiría para comunicarle su descubrimiento en persona.

–No me moveré de aquí.

Antonio bajó la voz. A Santi no le cabía la menor duda de que estaba disfrutando con todo aquello.

–¿Tú crees que los actores están bien pagados? Parece que no. Por lo menos sé de alguien que... Tengo que colgar.

–¿Qué? ¡Espera, no cuelgues!

Pero ya había colgado.

* * *

Diez minutos más tarde llamaron a la puerta. Santi supuso que sería Antonio y no se tomó la molestia de atisbar por la mirilla antes de abrir.

Era Bruno. Entró empujándole, dio la vuelta a la llave, que estaba puesta, y se la echó al bolsillo.

–¡No puede hacer eso! –protestó Santi.

–Sí puedo. Ya lo he hecho.

Le empujó otra vez, obligándole a entrar en el cuarto de Adrián.

–La habitación de tu hermano, ¿verdad?

Santi afirmó. Bruno tenía una pequeña calva de extraño color donde él le había golpeado con el sifón.

–¿Dónde está Adrián?

–Se ha ido al extranjero.

–Gracioso. Muy gracioso.

Bruno levantó una mano. Santi se protegió la cabeza, pero Bruno no tenía interés en golpearle. Se limitó a sujetarle por el cuello de la camisa y tirar con fuerza. Con mucha fuerza. La camisa de Santi se desgarró de arriba abajo. A su moral le sucedió lo mismo.

–Siéntate ahí –ordenó Bruno señalando la cama de Adrián.

Era la clase de invitación que no es posible rechazar sin herir susceptibilidades. Santi se sentó.

–Voy a echar un vistazo. Quédate donde estás.

Bruno tenía una peculiar manera de hacer un registro. Arrancó los cajones y los volcó esparciendo su contenido. Saqueó el armario, tumbó la única butaca y con una navaja destripó el asiento. Dejó al descubierto el colchón y lo rajó haciendo saltar los muelles, «doing, doing», por fuera dc la tapicería.

Se volvió resoplando y enfocó hacia Santi su ojo sano. Santi siguió sentado, con un muelle a un palmo de su trasero. Pensó en la cicatriz, en forma de media luna, que tenía justo en aquel lugar de su anatomía. Se la había hecho de pequeño, jugando con Adrián, al aterrizar sobre una tabla de la que sobresalía un clavo. Le habían tenido que poner la inyección antitetánica, que le había dolido mucho más que el clavo.

Se sentía muy mal, tenía muchísimas ganas de ir al baño y encerrarse en él.

–No me gusta usted.

–No te estoy pidiendo que te cases conmigo. Dime dónde está tu hermano y no volverás a verme.

–No sé dónde está Adrián.

Un resto de bocadillo que se había llevado a la habitación permanecía olvidado sobre el radiador como un pequeño animal con la lengua fuera. Santi empezó a sentir náuseas. ¿Sabría Bruno que había sido él quien le había golpeado con el sifón? ¿A qué esperaba para vengarse de aquello, y de lo de la Ciudad Universitaria? ¿A tener el dinero? Reunió el poco valor disperso que le quedaba y se enfrentó con sus ojos grises.

–Adrián me ha traicionado también a mí. ¿Cree que si supiera dónde está no se lo habría dicho ya?

–Encuéntralo y avísame, chico, o no te librarás nunca de mí.

Sacó la llave, abrió la puerta del piso y miró por última vez a Santi antes de desaparecer en silencio.

A Santi le costó trabajo ponerse en pie para ir a la cocina en busca de un vaso de agua.

Abrió el grifo y se tomó un vaso, y luego otro. El timbre de la puerta le dejó paralizado.

Caminó hacia ella de puntillas preguntándose qué debía hacer si era otra vez Bruno, que lo había pensado mejor y regresaba para arrancarle el pellejo a modo de advertencia. «Me figuro que tendría que llamar a mi abogado. Sólo que no tengo abogado».

–¿Quién es?

A través de la puerta le llegó la voz de Antonio susurrando. Abrió.

–¡Santi! ¿Estás bien? He visto salir a ése.

–Podría estar mejor –gruñó Santi.

–¿Qué te ha dicho?

–Como decir, dice poco. Es la clase de hombre que sólo habla cuando es necesario. Una rara virtud.

Santi se sentía inspirado. Había observado ya que cuando las cosas le iban mal le salían frases tan brillantes como las de sus actores favoritos.

Antonio cerró la puerta y se quedó mirando el desastre en que se había convertido el cuarto de Adrián.

–Complicaciones, ¿eh?

–Como dijo Woody Allen en *Manhattan:* «Complicaciones es mi segundo apellido»... Cuando mi madre vea cómo ha quedado esto, le va a dar un patatús. ¿Qué era eso que me ibas a decir por teléfono?

–¿Estás seguro de que nadie nos puede oír aquí?

–Antonio, no seas ganso. Ésta es mi casa.

Antonio se aproximó mucho para hablarle. El aliento le olía a alcohol, pero eso no significaba nada; siempre le olía así.

–Los que ayudaron a escapar a Boira fueron dos. Aún no los han cogido.

–Eso ya lo sé.

–Y yo presiento por qué te interesas por eso, teniendo en cuenta que es evidente que hay cuentas pendientes entre tu hermano y Bruno, y que Bruno trabaja en la prisión. Pero lo que quería decirte es que he averiguado que esos dos tuvieron un cómplice. Una actriz, o más bien una aspirante a actriz. Fingió ser una conductora inexperta que estuvo a punto de embestir a la «lechera» en la que llevaban a Boira. Eso les proporcionó a los otros dos la ocasión para entrar en el vehículo por atrás.

–¿Cómo has sabido eso?

–Secreto profesional. Y hay más. Creo que sé quién es la chica. Un amigo policía me ha dicho que tienen bajo vigilancia a una actriz que está empezando a irse de la lengua. Seguramente piensa que le pagaron demasiado poco por su trabajo.

–¿Dónde está ella?

–En uno de esos teatros del centro. El Rey Jorge.

–¡El Rey Jorge!

–Sí. Tienes la camisa hecha pedazos.

–Ya lo sé. Me la ha roto Bruno.

En ese instante sonó el teléfono.

Santi pensó en Bruno, que volvía a la carga, y pensó también en Adrián. Pero no era Bruno, ni tampoco Adrián.

–¿Santi? Soy Cris.

Capítulo decimocuarto

El principio de nada

SE quedó unos instantes en silencio, sin saber qué decir. Después, tomó una decisión. «Le diré algo fuerte y colgaré». Después, hizo exactamente lo contrario.

–Cris, me alegro de oírte. ¿Dónde estás?

–En una cabina junto a un bar que se llama John Silver. ¿Lo conoces?

Santi miró a Antonio y sonrió.

–Me parece que sí. Quédate ahí, bajo en un segundo.

Tiró los restos de la camisa. («Mi madre va a poner el grito en el cielo cuando la vea»), se puso una nueva y se echó en el pelo medio frasco de colonia.

Mientras bajaban, advirtió a Antonio:

–Te voy a presentar a una piba que me interesa mucho. Ni se te ocurra empezar con tus bromitas de tratarme como a un crío.

–Vale.

–Antonio, mira que estoy hablando en serio.

–Que vale, hombre.

Cris estaba preciosa. Tan guapa que a Santi le costaba trabajo respirar. Hizo las presentaciones. Antonio se portó como un amigo leal y, lo que era igualmente importante, como un hombre discreto. Desapareció diciendo que tenía abandonado su bar y Santi se quedó a solas con Cris.

–¿Tienes tiempo para dar una vuelta? Hace un día co..., excelente. Podríamos ir a un parque. ¿Qué tal el Retiro?

–Es lo que más me apetece en este momento.

A Santi le costaba trabajo creer que ella no sabía que la había visto con otro, y sobre todo le sorprendía que con su aire inocente Cris fuese capaz de coleccionar chicos de dos en dos. Eso la hacía más interesante, pero no dejaba de intimidarle un poco.

Ella propuso que fueran a pie, y Santi aseguró que le encantaba andar con el mismo entusiasmo que si se tratase de una declaración de principios.

–Se me olvidó preguntarte qué quisiste decir en el zoo con aquello de que iríamos a una isla y seríamos felices para siempre.

–No dije para siempre. Nadie es feliz para siempre.

–Pero, ¿por qué lo dijiste?

–Hace poco una gitana me leyó las líneas de la mano y me hizo una profecía. Me dijo que no tardaría en conocer a un chico guapo de ojos tristes, y que viajaría con él a una isla, y que lo pasaríamos muy bien.

–Seguro que les dice lo mismo a todas. Oye, ¿soy yo un chico guapo?

–Pechés, pechés –sonrió Cris–. Pero por lo menos tienes los ojos tristes.

–Bueno, casémonos y vayamos de viaje de novios a Mallorca; así la gitana habrá tenido razón.

–Es la mejor proposición que me han hecho en todo el día –sonrió de nuevo Cris.

–¿Tienes hermanos...? ¿A qué se dedica tu padre...? ¿Cómo es que os cambiáis tanto de casa...?

–Soy hija única. Y por poco no nazco ni yo. A mi madre le habían dicho que no podría tener hijos. Pero, ya ves, los médicos no se cansan de equivocarse. Mi padre es marino; se pasa casi todo el año en alta mar. Vuelve a casa cada seis meses, y en seguida se marcha otra vez. Cuando era pequeña, no lo recordaba de una vez para otra; sólo lo conocía por el uniforme. A mi madre le encanta la decoración. Se pasa el tiempo decorando la casa de arriba abajo: cortinas, alfombras, cuadros, cerámica... Cuando el piso está perfecto, se cansa de verlo y tenemos que cambiarnos a otro para que pueda empezar de nuevo. Una familia original, la mía.

–Háblame más de ti, de cuando eras pequeña.

–¿Para qué?

–No sé, me hace gracia. ¿Qué clase de niña eras? ¿Obediente, traviesa, respondona...?

–Era..., no te rías, ¿eh?, era eso que llaman una superdotada. Coeficiente de inteligencia muy por encima de la media. Eso me hizo ser bastante solitaria y, además, con los cambios de casa me resultaba aún más difícil hacer amigos. No es bueno ser diferente de los demás, se paga un precio muy alto.

–Nunca había salido con una superdotada. Estoy impresionado.

Ella le dio un puñetazo en el hombro.

–Gamberro. Estoy segura de que has salido con muchas chicas más inteligentes que tú.

Caminaron un rato en silencio. En aquellas calles de mucho tránsito, los tubos de escape de los automóviles habían dejado en la atmósfera un olor acre. Las fachadas estaban ennegrecidas por los humos y los árboles tenían extrañas excrecencias, tumores que Santi supuso se debían a la contaminación.

–¿Y cómo has conseguido mi teléfono? Yo no te lo he dado.

–Sé tu nombre y tu apellido de cuando hacíamos teatro, y sabía más o menos en qué calle vives. No hace falta ser Sherlock Holmes para encontrar un número en la guía.

–No me esperaba que fueras tú. Creí que sería mi hermano. Ha desaparecido.

–¿De verdad? ¿Crees que le han hecho algo?

–Supongo que se está escondiendo, pero al menos podría llamar para que no estuviéramos intranquilos. Es más inconsciente que un crío.

–Estás preocupado por él, ¿verdad?

Santi se encogió de hombros; empezaba a ponerse de mal humor. Llevaban una hora andando y Cris propuso descansar un poco. Entraron en un bar, pero era de esos en los que la música está demasiado alta y una conversación privada se convierte fácilmente en un diálogo a gritos. Salieron sin tomar nada. Al llegar a una plaza, se sentaron en un banco empleando como asiento el respaldo y poniendo los pies en el asiento, demasiado sucio para poder usarlo correctamente. Cris dijo que parecían gallinas en un aseladero. Santi, que no conocía esa palabra, permanecía en silencio dándole vueltas a lo del chico con casco de motorista y sin saber cómo hablar de ello.

Un borracho, o tal vez un mendigo, dormía en un banco al otro lado de la plaza. Un coche de la policía pasó despacio dando la vuelta a la plaza; al llegar a la altura de ellos pareció a punto de detenerse, pero finalmente siguió su ronda.

–Tengo que ir al Teatro Rey Jorge para hablar con una persona. ¿Te gustaría venir? Ponen una comedia de Oscar Wilde.

–Me encantaría. Estaba pensando en lo de tu hermano. ¿Crees que se pondrá en contacto contigo?

–No lo sé. Puede que no lo haga para no complicarme más en su historia. El caso es que ya no estoy seguro de conocerle como antes. Hemos estado dos años sin vernos, justo desde que tú y yo empezamos en el grupo de teatro, y supongo que hemos cambiado los dos.

Echaron a andar de nuevo, tan juntos que a Santi le llegaba el perfume del cabello de Cris. Sin embargo, él no hizo ninguna tentativa para tomarla de la mano; después de haberla visto con otro, cualquier gesto de aquel tipo le parecía fuera de lugar.

–Tú también has cambiado mucho –añadió.

Llegaron al parque, que no estaba tan solitario como Santi había esperado, pues muchos ciudadanos aprovechaban el buen tiempo y las vacaciones para pasear al anochecer, antes de la cena y la velada ante el televisor.

Camino del estanque, Santi se detuvo de pronto. Cris alzó la vista y los ojos de ambos se encontraron anunciando lo que estaba a punto de ocurrir. La abrazó. Fue como tomar conciencia por primera vez en su vida de un cuerpo ajeno, una emoción nueva para él, que había abrazado a unas cuantas chicas. Cris se retiró despacio, con su habitual sonrisa. Uno de los colmillos no lo tenía bien alineado con los incisivos, sino un poco montado. Santi pensó que aquel detalle le encantaba, que ella era la chica más bonita que había visto en su vida.

Más de una vez, por mor de la idea de estar enamorado, se había precipitado adjudicando a una chica cualidades y sentimientos que sólo existían en su mente. Después había aprendido a desconfiar de los espejismos, a aceptar que casi siempre uno ama y el otro simplemente consiente en ser amado. Sabía que debía evitar el error de precipitarse, pero aún así dijo exactamente lo que estaba pensando:

–Me gustas mucho.

–Y tú a mí.

–No, en serio, me gustas mucho.

Le gustaba que fuese pequeña de estatura, que sus gestos y movimientos fuesen armoniosos; le gustaban sus ojos, de un color que le hacía pensar en el otoño y en bosques inexplorados.

Hubiera querido saber en seguida qué opinaba ella de las cuestiones que para él eran importantes, y qué música prefería y qué libros leía, y otras muchas cosas. Pero temía asustarla si le hablabla precipitadamente de todo ello; adivinaba que Cris era celosa de su libertad y que sería mejor avanzar paso a paso aunque la impaciencia le mordiese el pecho.

–Me gustaría que estuviéramos siempre tan bien como ahora.

Ella no respondió a sus palabras como él esperaba. Su sonrisa adquirió una misteriosa tristeza.

–Santi, no quiero que... No sé cómo decírtelo.

–¿Es algo malo?

Ella mantenía la mirada fija en él.

–No te lo tomes a mal, pero no quiero que sigamos adelante. Ya me entiendes…, que te figures que estamos al principio de algo.

–¿No lo estamos?

–Yo no... Nunca he hecho el amor.

–¿Y qué?

Santi estuvo a punto de añadir algo como: «Tampoco te lo he pedido», pero empezaba a conocer a Cris lo suficiente para saber que ella se ofendería ante unas palabras poco consideradas.

–No es eso lo que quería decirte. Es más bien que no quiero comprometerme con nadie, ¿entiendes?

–Ya me lo imagino, tienes dieciséis años. Quieres divertirte antes de tener novio. Como ves, lo entiendo perfectamente.

–No, no es eso. O puede que en parte sí, pero ésa no es la razón más importante. Santi, para mí es agradable estar juntos, pero... no quiero que te enamores de mí. Lo siento, no sé decirlo de otra forma, puedes decir que soy una idiota presumida y que no tienes ninguna intención de enamorarte de mí.

–Eso no es algo que uno se proponga. Es algo que sucede sin buscarlo, creí que lo sabrías.

–Seamos amigos, ¿vale? No te digo que no podamos vernos de vez en cuando, pero como amigos. Es la mejor clase de relación que pueden tener dos personas. La amistad es el sentimiento más valioso y el más puro.

–Ya. Cuando una chica dice eso, es que está enamorada de otro.

De pronto, Santi sintió el frío que subía del césped y brotaba de los árboles como una cosa viva. Sin darse cuenta de lo que hacía, tronchó una ramita y la arrojó con fuerza lejos de sí.

–Aunque fuese así, no tengo por qué darte explicaciones.

–¡Qué mierda! –murmuró Santi lamentándose–. Había pensado que eras distinta, y ahora...

Ella le puso una mano en el pecho con gesto conciliador.

–Vamos…, si no pasa nada... Tómalo como un favor muy especial que te pido.

–Cuando conoces a un tío –la voz de Santi se había endurecido–, ¿siempre le dices que no se enamore de ti? ¿Es un truco?

–Será mejor que nos vayamos –dijo Cris–. Hace frío.

Santi se encogió de hombros y echó a andar dejando que ella le siguiera.

«Todavía estoy a tiempo», se dijo, «apenas he empezado a enamorarme de ella. Sufriré durante unos cuantos días y luego la olvidaré».

–Santi –dijo Cris–, no te lo tomes así. No se trata de que no quiera salir contigo, no. Es que no quiero salir con nadie.

–Pero, ¿por qué?

–Es cosa mía.

–¿Estás saliendo con otro?

–Si estoy saliendo con otro, es asunto mío.

–«Francamente, querida, me importa un bledo con quién salgas» –dijo Santi, plagiando a Clark Gable en *Lo que el viento se llevó*–, pero no sé por qué no me lo puedes decir.

–La verdad –ella comenzaba a enfadarse–, me lo pensaría mucho antes de hacerme novia de alguien como tú. Estarías todo el tiempo investigando todo, hasta mis pensamientos.

–Lárgate –respondió Santi sombríamente–. Vuelve con el gilipollas de la moto.

«Además, si no quieres que me enamore de ti, ¿por qué me miras así?»

Cris se encogió de hombros, dio media vuelta y se alejó a toda prisa.

Santi la miró mientras se perdía en la oscuridad. Ya estaba, ya lo había estropeado. Le daban ganas de empezar a puñetazos contra los troncos de los árboles. Sentía el corazón contraído dentro del pecho. «¿Por qué no me has dicho la verdad? Lo nuestro no es un simple ligue, y tú lo sabes. No podemos empezarlo así, con mentiras. No lo mates antes de nacer».

Se adentró en el parque, buscando instintivamente que el cansancio le aturdiese, y sus pasos erraron sobre la húmeda tierra, entre las sombras.

Capítulo decimoquinto

Un nuevo miembro en el equipo

EN los últimos días, la madre de Santi había envejecido de golpe. Tenía bolsas debajo de los ojos y sus párpados parecían translúcidos.

–¿Sabes algo de Adrián? –le preguntó en el pasillo.

Santi sabía que Adrián era el preferido de su madre, pero procuraba fingir que eso le dejaba indiferente.

Le dio pena, pero no tenía nada que decirle. Hizo un gesto negativo sin mirarla.

–Y tú, hijo, ¿qué es lo que haces últimamente? No paras en casa, apenas te veo...

–«De frente no ves su rostro, por detrás no ves su espalda...» –empezó Santi citando el *Tao*.

La madre lanzó un suspiro y se marchó a enfrentarse con su lavadora, demasiado complicada, cuyos numerosos programas nunca había aprendido a manejar. El padre estaba en el baño y Santi salió de casa antes de encontrarse con él.

Cruzó la calle y entró en el John Silver.

–Prohibida la entrada a menores –dijo como siempre Antonio a modo de saludo.

–¿Qué puedo desayunar?

–Te haré un bocadillo que acabo de inventar. Pero puedes empezar con esa fuente de ensaladilla que no quiere nadie.

Santi cogió un puñado de servilletas y se las puso al cuello. Se encaramó en un taburete y empezó a comer. Los dos clientes que había en el bar le miraron vagamente interesados, con esa disposición natural del madrileño para apreciar cualquier espectáculo gratuito.

Cuando se fueron, Antonio se inclinó hacia él lanzando miradas de soslayo como un espía en una misión secreta.

–Bruno ha estado aquí. Me ha hecho algunas preguntas. Es un hijo de...

–Sí –asintió Santi con la boca llena.

–Y un grandísimo...

–Desde luego –afirmó Santi.

–Merodea como un gato a la puerta de una despensa. Hiciste bien en atizarle con el sifón, Santi, te debo una.

–Pues pásame ese bocata.

Antonio empujó hacia él un oloroso bocadillo aún caliente.

–A ver qué te parece.

Santi cogió el bocadillo y le hincó el diente sin mirarlo, con la vista fija en la pantalla del televisor, que, al igual que otras veces, tenía el sonido quitado. De pronto, un rótulo en sobreimpresión le hizo exclamar:

–¡Mierda!

–No –dijo Antonio–, bacon con paté.

–¡Rápido, pon el sonido!

BOIRA, CAPTURADO DE NUEVO, decía el rótulo.

Sólo alcanzaron a oír las últimas palabras:

–«... brillante operación que ha dado como resultado la captura de Juan Boira, quien protagonizó una espectacular fuga la pasada semana cuando era conducido a declarar ante el juez.»

–¿Sabes lo que significa eso, Santi? Si habla, la policía irá a por tu hermano.

Santi no respondió.

–Más vale que se haya escondido bien, o que esté fuera de España.

Santi apartó de su vista el bocadillo. Por una vez, no tenía apetito.

–Por cierto –siguió Antonio–, hay un nuevo miembro en el equipo.

–No te entiendo.

–¿No lo adivinas? Esta mañana ha venido una persona que está preocupada por ti y hemos estado hablando mucho. Ha venido temprano. Hay gente que madruga, Santi.

–No sé de qué me estás hablando, pero espero que no le hayas contado nada a algún extraño.

–No es un extraño. Me refiero a Cris.

–¡Cris!

–Sí. Te estoy diciendo que ha venido aquí.

–¡Ha venido aquí!

–Sí, a preguntarme qué podía hacer por ti.

–A preguntar...

–Santi, deja de repetir mis palabras como un payaso. Le he dicho lo que sabía, que no es mucho. Le he contado también lo de esa actriz, y al parecer eso le ha dado alguna idea, pero no ha querido adelantarme nada. Creo que tiene eso que llaman intuición femenina. Nos vendrá bien un poco de eso en el equipo.

–Antonio, eres un bocazas.

–Gracias, yo también te quiero.

Antonio le miraba seriamente con sus ojillos turbios de viejo bebedor.

–Es una buena chica, Santi.

–Lo sé.

–En serio, es una buena chica. Y creo que le gustas.

–¿De veras?

–Me alegro de que sea tu chica.

–No es mi chica.

–¿No? ¿Y a qué esperas? Pídele que sea tu chica.

–Ya se lo he pedido. Pero prefiere ser la chica de un «motero».

–Pues cómprate una moto, tío. No encontrarás muchas chicas como Cris.

* * *

Santi se encontró con su padre en la puerta de casa.

–¿Puedes darme algo de dinero?

El padre olía a suavizante de la ropa y a *after-shave*. Como siempre, se había apurado tanto al afeitarse que a Santi su piel le hizo pensar en la dermis de un leproso. No se llevaban mal, pero Santi no podía perdonarle que fuera casi siempre inoportuno. Adoptaba el papel de patriarca autoritario en los momentos más extemporáneos. Por suerte, ocurría muy de tarde en tarde. Habitualmente era un hombre afable y distraído que parecía estar pensando en otra cosa.

–Te daré algo de dinero –respondió–, pero no mucho.

Santi enarcó una ceja, dispuesto a soportar una pequeña charla.

–He hablado con mi amigo Ferrando.

Ferrando era un antiguo compañero de colegio de su padre, propietario de un negocio no muy importante, un almacén de maderas. Hacía aproximadamente un mes que Santi había estado a punto de empezar a trabajar en las oficinas de la empresa. Le habían hecho un examen. «El chico vale», había dicho Ferrando. «No es porque sea tu hijo, pero vale». A Santi le costaba contener la risa. «Al principio no podría pagarle mucho, ya sabes cómo están las cosas...» Al padre la cuestión del sueldo no le preocupaba por el momento. Santi tuvo por un instante la impresión de ser un negro de saldo en un mercado de esclavos. «Pero hay un problema: tu chico tendrá que ir a la mili el año que viene. Yo no puedo correr el riesgo de pasarme un año enseñándole y formándole, y que cuando salga de la mili se me vaya a otra empresa». «¿Entonces?». «Entonces necesito un compromiso formal de que cuando acabe el servicio militar volverá aquí».

En ese instante, Santi había visto su futuro hipotecado para varios años de un solo golpe. Él no quería trabajar en una triste oficinilla. En realidad, no sabía lo que quería, pero le bastaba con saber que no era aquello. En consecuencia, había rechazado el puesto.

–Me ha dicho que todavía no ha cogido a nadie, que aún estás a tiempo si tú quieres.

–Vale.

–Vale, ¿qué?

–Vale que no. No quiero ese trabajo, ya te lo dije.

–Hijo, en estos tiempos no se puede elegir.

–Tengo prisa, papá.

–Bueno, pero tenemos que hablar de esto.

Se libró de él como pudo y fue en busca de la madre. Ella se mostró más generosa. Santi ya había observado que su madre, cuando había alguna desgracia en la casa, se volvía espléndida. Y ahora estaba sufriendo la peor de las desgracias: la pérdida, otra vez, de su hijo favorito.

En la comida se tomó tres platos de paella a pesar de que no había quedado tan buena como otras veces. Otra cosa que cambiaba cuando ocurría algo malo era que su madre cocinaba peor.

Llamó a un par de amigos. Uno acababa de echarse novia y salía con ella a todas horas; el otro estaba preparando unas oposiciones y dijo que iba a quedarse en casa estudiando. Su agenda de viejos ligues ofrecía pocos alicientes. Salir con una ex le parecía un recurso pobre y deprimente. Decidió que permanecería en casa escuchando música –tenía dos CDs nuevos de bandas sonoras– hasta que no aguantase más.

A media tarde sonó el teléfono.

Lo descolgó sin decir palabra, con el corazón dando saltos mortales en su pecho. Era Cris.

–Santi, en la taquilla del Teatro Rey Jorge tienen una entrada a tu nombre. La función es a las ocho.

–¿Estarás tú allí?

–Ya veremos.

–¿Por qué haces esto?

–Somos amigos. Quedamos en que seríamos amigos, ¿no? No tiene nada de particular que invite a un amigo al teatro.

–Creí que no volveríamos a vernos.

–Estuvieron a punto de matarme también a mí por causa de esa historia de tu hermano. Ahora no puedes dejarme fuera. Me gustan las novelas policíacas, y esto es mucho mejor que una novela policíaca. En serio, quiero ayudarte. Además, me necesitas. No es buena idea que hables tú con Charo Vega.

–¿Y quién es Charo Vega?

–Cierta actriz que participó en cierto asunto. Antonio me lo ha contado. Si es verdad que está vigilada y tú hablas con ella, la policía podría investigarte a ti y descubrir de quién eres hermano, y sólo tendrían que sumar dos y dos. En cambio, yo puedo pasar por una admiradora, una aspirante a actriz que sólo quiere conocer a otra más veterana. No desconfiarán de mí, si quiero puedo parecer una niña.

–Una niña superdotada. De acuerdo, Cris, gracias por llamar. Allí estaré.

* * *

Fue hacia el teatro en un metro atestado de chicas demasiado maquilladas y perfumadas que hablaban todas a la vez, sin escucharse, excitadas por la perspectiva de una tarde de fiesta en la que se figuraban que todo podía ocurrir. Alguna miraba a Santi y hacía un comentario al oído de su amiga..., y dejaban escapar una risita. Él fingía no darse cuenta.

Había una fila ante la taquilla del teatro, un edificio neoclásico muy iluminado, y tuvo que esperar un rato hasta que pudo recoger la entrada a su nombre. No vio a Cris fuera ni en el vestíbulo. Permaneció unos minutos en la puerta, estorbando a todo el mundo, un poco nervioso porque los espectadores iban demasiado bien vestidos y él llevaba sus vaqueros más viejos. Incluso llegó a temer que el portero le pusiera algún impedimento, como en esos ridículos bares donde un forzudo impide el paso a los que no van vestidos de manera adecuada. Pero, al parecer, los teatros eran más hospitalarios.

Pensó que no dejaba de ser curioso que nunca hubiera relacionado el hecho de ser actor en grupos independientes con la posibilidad de acudir como espectador a aquella clase de teatros burgueses, y llegó a la conclusión de que ambas cosas tenían poco que ver. Esa impresión se hizo más fuerte cuando observó el tipo de público que llenaba la sala y cuando tuvo que sentarse junto a una hilera de viejas empolvadas que hacían tintinear sus pulseras.

La representación tardaba en comenzar. Para distraerse, intentó recordar una técnica de respiración que le habían enseñado cuando él mismo hacía teatro y que había usado a veces para relajarse. Se llamaba *sahita pranayama*. El nombre lo recordaba muy bien, pero la técnica no tanto. Por fin se oyó la señal acústica que anunciaba el inicio de la obra y se apagaron las luces. Cris seguía sin llegar, y no pudo evitar el preguntarse si volvería a verla.

Trató de concentrarse en lo que ocurría en escena. Ni siquiera recordaba cuál era la obra. Miró el programa de mano, al que todavía no había echado un vistazo: *La importancia de llamarse Ernesto*. El título le pareció estúpido, pero pronto se dio cuenta de que los diálogos eran una muestra magistral de humor británico.

Se distraía mirando a los que entraban y consultando su reloj cada poco. Cuando volvió a poner atención en la comedia, un actor con ropas victorianas declaraba su amor a una jovencita.

–Gwendolen, ¿quiere usted casarse conmigo?

–Naturalmente que quiero, amor mío. ¡Cuánto ha tardado en decirlo...! Creo que tiene poca experiencia en estos asuntos.

En el entreacto fue a pedir un cigarrillo y se lo fumó nerviosamente.

Volvió a su butaca. La de su derecha continuaba vacía.

Se alzó el telón. El decorado representaba un jardín. Una muchacha monologaba en tono voluble:

–Nunca he conocido a una persona realmente mala. Temo que sea exactamente igual a los demás.

Tomó nota mental de que, al parecer, las comedias de Oscar Wilde eran ricas en frases a la altura de sus películas favoritas. En ese instante, un desconocido se sentó a su lado y puso su mano sobre la de Santi.

Se volvió, asombrado por aquella audacia. Vio una chaqueta masculina, pantalones vaqueros, un cabello brillante y peinado hacia atrás con gomina, una turbadora ambigüedad. Ella le miraba con una sonrisa que dejaba al descubierto aquel colmillo un poco montado sobre el incisivo.

–¡Cris!

Varias cabezas se volvieron con miradas de enojo. Ella hizo «Chissst...» con un dedo puesto sobre sus labios. Las viejas más próximas estiraron con irritación sus cuellos enjoyados.

–Creí que ya no venías –susurró Santi.

–He estado a punto de no hacerlo.

«Zas, puñalada en el corazón».

–¿Por qué te has vestido así?

–¿No te gusta?

–Estás preciosa.

–Nada de piropos. Sólo amigos, recuerda.

«Dios, si esto es estar enamorado, es un misterio que todo el mundo lo desee. Se sufre mucho».

–¿De qué va? –preguntó Cris.

–¿De qué va qué?

–La obra.

–Si prueban a escucharla sabrán de qué va –sugirió una vieja girándose hacia ellos.

Santi procuró sonreír de forma encantadora y le dirigió un beso. Un truco que había aprendido del maestro Vittorio Gassman. No salió bien, le faltaba práctica.

–Vámonos –susurró Cris–. Ya he hablado con ella.

–Ha sido la vez que menos he aguantado en el teatro –murmuró Santi mientras salían.

Cris le condujo a una calleja lateral a la que daba la salida de artistas. Santi no podía dejar de mirarla. Su cabello, que peinado así le daba aspecto de niño bueno, sus ojos color de otoño, sus labios... Ella también le miró de una forma especial, una mirada que hizo a Santi sentirse como si hubiera crecido veinte centímetros de golpe. El aire asquerosamente contaminado de la noche madrileña le pareció de pronto puro y perfumado.

–Gracias por haber venido.

Ella se alzó de puntillas y le besó en los labios.

Capítulo decimosexto

Las chicas se rebelan

–He ido al camerino antes de que empezase la función. No he conseguido que me dijera gran cosa. Creo que está asustada. Me ha dicho que cuando salga irá a un bar cercano a cenar, sola. Tenemos que seguirla.

–¿Y por qué te has vestido así?

–En el último momento he pensado que un joven admirador llamaría menos la atención que una joven admiradora. Charo tiene fama de que le gustan los jovencitos.

–¿Qué te ha parecido ella?

–Interesante. Tengo la impresión de que tu hermano y ella son algo más que amigos.

–¿Y por qué has tardado tanto?

–Tenía que hacer una llamada. Era una llamada difícil y ha resultado muy larga. En realidad yo había quedado con alguien. Pero ya está arreglado.

Esperaron hasta que el teatro cerró sus puertas. La zona hervía ya de noctámbulos que recorrían los bares en busca de una mesa o un hueco en la barra, una copa o una cara conocida –o, mejor, una cara desconocida pero acogedora–. En zonas como aquélla, Madrid era un espectáculo fascinante. Durante el día la ciudad no se distinguía demasiado de cualquier otra: las calles rebosaban de desgraciados aparcando en doble o triple fila, y de otros desgraciados atrapados en su vehículo por culpa de los que aparcaban así. Cuatro millones de personas obsesionadas por ganar tiempo. Por la noche, ese tiempo adquiría otro valor, se poblaba de miradas y deseos, de indolencia...

Vieron salir a la actriz y comenzaron a seguirla tomando toda clase de precauciones. Cris, como le ocurría a Santi, no parecía tener precisamente vista de lince. Santi no se atrevió a preguntarle por qué usaba lentillas, y pensó que dos cegatos no eran una maravilla para un trabajo como aquél. Empezaba a tener tanta hambre que podía oír los rugidos de su estómago.

–Espero que podamos conseguir unos bocadillos.

–Yo no necesito un bocadillo.

–Pues yo necesito al menos dos.

La chica –parecía tener unos veinticinco años– entró en un bar y se acercó a la barra. Podían verla desde la calle, aunque la luz de los neones no era demasiado buena.

–¿Crees que ella ha podido denunciar a mi hermano?

–No vale la pena hacer conjeturas. Es mejor que esperemos a hablar con ella. Yo no veo a nadie que parezca vigilarla, ¿y tú?

–Tampoco. ¿Entramos?

–De acuerdo, pero vayamos con cuidado. Puede que le estén dando cuerda para que se confíe.

–«Quien ata bien, no necesita cuerdas ni nudos», como dijo Lao-Tsé. No me preguntes lo que significa. Vamos de una vez.

Pasaron de largo ante la chica y se sentaron a una mesa milagrosamente libre. Santi pidió un bocadillo de jamón y dos *bitter.* Charo Vega les miraba desde la barra.

Santi atacó su bocadillo. Estar nervioso le daba un hambre feroz.

–Verte comer es todo un espectáculo. Deberías vender entradas.

–¿Verdad que sí?

–Viene hacia aquí.

La actriz se sentó, mirando fijamente a Santi.

–Eres igual que tu hermano.

–¿Qué sabes de él?

Charo se encogió de hombros. No llevaba maquillaje y se había peinado con el pelo muy tirante en forma de cola de caballo alta, como suelen hacer las bailarinas. Era muy atractiva, tal vez no precisamente guapa, pero sí *sexy.* Usaba un perfume muy caro. Santi le había regalado una vez a una chica un frasco de aquella marca.

–No sé nada. Tu amiga me ha dicho que ha desaparecido. Es lo mejor.

–¿Sabes que han vuelto a capturar a...?

–Nada de nombres. Lo que yo sé es que tu hermano y el otro son unos cerdos. Me despacharon con unos billetes y ellos se han quedado con la gran «morterada». Bruno... –se mordió los labios y miró alrededor, pero la música estaba demasiado alta como para que alguien más pudiera escuchar: música brasileña que a Santi le recordaba algo, aunque no supiera precisar qué– está alborotando demasiado –siguió Charo–. No tardará en llamar la atención. Y con esa gente no se juega. Él y Adrián deberían haber hecho el reparto y haber desaparecido, como estaba previsto. Los que les hicieron el encargo temen que acaben hablando más de la cuenta.

–¿De veras no sabes dónde está Adrián?

–Te he dicho que no sé dónde está, y es la verdad. Y si le encuentras puedes decirle que por mi parte nunca nos hemos conocido. No quiero que me relacionen con según qué cosas. Todo lo que hice fue aparecer con mi coche en una determinada esquina y obstaculizar durante unos segundos el paso de un vehículo. Si ellos no hablan, nadie podrá probar que fui cómplice de ningún delito. Sólo he accedido a entrevistarme con vosotros para deciros esto: no quiero saber nada. No me importa lo que le pase a Adrián. Que me olvide. Y olvidadme también vosotros.

Se puso en pie. Era tan alta como Santi. La línea de su boca tenía los signos de dureza de quien está acostumbrado a abrirse camino por sus propios medios. Se inclinó hacia ellos y añadió unas palabras en voz muy baja:

–Ni se os ocurra seguirme. Y dile a Adrián, si le ves, que se cuide. Van a ir a por él.

–¿Qué quieres decir?

–Le pegarán un tiro donde le encuentren. Se lo está buscando.

–Una chica encantadora –dijo Cris mientras Charo se alejaba.

–¿Qué hacemos ahora?

–Tú no lo sé, yo tengo que irme a casa.

–No es tarde.

–A mi madre le gusta verme en casa de vez en cuando, para variar.

–¿De verdad te vas a casa?

Cris se levantó también.

–¿Vamos a empezar de nuevo? No tengo por qué darte explicaciones.

–La llamada de antes..., esa llamada larga y difícil..., ¿no era para quedar con él?

Los ojos de ella se oscurecieron. Su gesto se endureció.

–Dímelo –insistió Santi–. Si somos amigos, puedes decirme la verdad. ¿Vas a verle ahora?

–Pues, ya que quieres saberlo, sí.

–¿Por qué?

–¿Cómo que por qué? ¿Qué clase de pregunta es ésa? Salgo con quien me da la gana.

–Pero ¿qué pasa? ¿Es tu novio? ¿Va detrás de ti? ¿O vas tú detrás de él? ¿Está bueno, o qué pasa con él?

–Estuvimos saliendo, pero ahora pasa de mí –confesó Cris–. Necesito verle para demostrarme a mí misma que ya no estoy enganchada por él, ¿comprendes?

–No. Para eso no hace falta que vuelvas a verle. Simplemente olvídale.

–No quiero seguir hablando de esto.

Cris dio dos pasos. Él dijo sin levantar la voz:

–Si te vas ahora, no vuelvas a llamarme.

Ella le miró con una frialdad capaz de congelar el aire.

–Adiós –repitió.

Santi la vio salir sin mover un músculo.

«Si voy ahora detrás de ella, la perderé para siempre. Así es este juego».

Ella no se volvió. Salió sin mirar atrás, y él permaneció inmóvil, odiando las risas de los que le rodeaban, odiando la música, odiándose.

Capítulo decimoséptimo

El lugar donde nacen los sueños

UNA noche en blanco, cuando se busca voluntariamente, es una de esas experiencias que quedan en el recuerdo. Tal como Santi lo había visto hasta entonces, pasar toda una noche estudiando, o divirtiéndose, era algo que valía la pena hacer de vez en cuando. Uno se siente distinto, vagamente superior a los seres vulgares, que durante esas horas no son dueños de su tiempo.

Aquella noche, sin embargo, por primera vez en su vida, la pasó sin dormir, en contra de su voluntad. El cansancio, sus propósitos de no pensar más en Cris, los recursos para relajarse y distraer su mente, no bastaron. Oyó desde su cama a los últimos noctámbulos, a los basureros, a su madre que se levantaba tanteando a oscuras y a su padre que la llamaba; les oyó hablar y le pareció distinguir las suficientes palabras como para imaginar que se preocupaban por la visita de Bruno y por los destrozos en el cuarto de Adrián; el padre decía que aquello no podía quedar impune, que lo denunciaría a la policía. La madre lloraba. Se hizo por fin el silencio dentro de la casa, y muy poco después se oyeron los trinos de los pájaros. Santi pensó en alondras y ruiseñores, en la historia de Romeo y Julieta que había leído pocos meses antes, y comenzaron a escucharse los ruidos de los ciudadanos más madrugadores que ponían en marcha sus coches, y al otro lado de la ventana el cielo comenzó a virar del negro al violeta.

Miró el reloj y vio que las «indecentes manecillas», como se dice en *Romeo y Julieta* –su excelente memoria le permitía recordar diálogos de películas pero también a Shakespeare–, estaban una sobre otra. Las seis y media. Y sintió la desesperación y la soledad con un dolor que era también físico.

Se levantó, se puso un viejo albornoz de color vino cuyo tacto y olor le encantaban, y se acercó a la ventana.

Desde ella no se veía otra cosa que casas semejantes a la suya. Más allá de su calle había otras calles exactamente iguales; las fincas tenían idénticos portales y en las aceras languidecían árboles raquíticos cuyo nombre nadie conocía y en cuyos alcorques crecían hongos y se abandonaban jeringuillas usadas. No era ni siquiera uno de esos barrios abiertamente peligrosos que ocupan titulares en la crónica negra, sino sólo un escenario anodino para personas mediocres que bien o mal cumplían sus obligaciones y servían a la sociedad sin creer en lo que estaban haciendo ni hallar en ello otra satisfacción que las reglamentadas: la salida al campo el fin de semana, las compras, los estúpidos programas de televisión.

Pensó que no quería crecer y vivir siempre en aquellas calles, sin otro destino que el de seguir en el mejor de los casos las huellas de su padre. Pero no sabía cuál era la alternativa. Su hermano se trazaba un camino propio, pero, como había dicho el viejo, eran malos pasos. No, tampoco quería ser como Adrián. Adrián había perdido algo, no sabía precisar qué, pero era una cualidad esencial, y sin ella ya no era el mismo. Estaba metido en la misma mierda que todos los demás, la carrera por el dinero. Pero el dinero no podía serlo todo, por fuerza tenía que haber algo más. «Algo más».

Se sentó en la cama y hundió la cabeza entre sus manos. Lo quc había hecho cambiar a Adrián ¿era inevitable? ¿Y a todo el mundo le ocurría lo mismo un día u otro? ¿Siempre se acababan perdiendo los ideales, las ilusiones? ¿Adónde iban a parar los sueños?

El cansancio, la agitación un tanto febril, tenían el efecto de dar a sus pensamientos una extrema lucidez que le permitía, durante fracciones de segundo, entrever a modo de flashes dentro de una intrincada red de ideas la médula misma de las cosas, el núcleo de realidad que podía formularse con unas pocas palabras sencillas. Por ejemplo, «Cris ama a otro». Por ejemplo, «Adrián me ha mentido».

Adrián le había mentido. Sabía dónde estaba el dinero porque lo había escondido él mismo. «¿Para qué otra cosa había vuelto a casa, sino para esconderlo?».

No había rastro de la luna. El sol acababa de salir. Sería un buen día, un día transparente, cálido, otro agradable día de vacaciones para los contribuyentes con la conciencia tranquila. Apartó la vista de la ventana y la volvió hacia su cama, que tenía las ropas desordenadas. Miró el cuarto como si fuera la última vez que lo vería. Era demasiado pequeño, necesitaba una mano de pintura; sobraban adornos, regalos de antiguas novias, carteles que ya no le decían nada, frases recortadas de alguna revista y pegadas a la pequeña librería donde se alineaban sus libros favoritos.

Siempre le había gustado leer. A los libros les debía mucho, incluso cosas tan inesperadas como su éxito con las chicas. Les debía, sobre todo, el consuelo de la mejor compañía en los peores momentos. Como aquél. Se acercó y tomó el *Tao* que Adrián le había regalado a su vuelta.

Lo abrió por la página de la dedicatoria. Su mirada volvió de nuevo hacia la cama. Se estremeció. No podía ser. «No puede ser; sería demasiado..., demasiado...».

Su propia cama. El *Tao*. En otra época, Adrián se había valido de él para ocultar un botín.

«La mochila. ¿Por qué no he pensado hasta ahora en la mochila que llevaba Adrián la noche de su vuelta? ¿Qué otra cosa podía llevar en ella sino el dinero?».

Buscó en su escritorio el viejo cuchillo con el que solía divertirse durante el verano anterior tallando barquitos de madera. Lo empuñó y se aproximó a la cama. Tiró la ropa al suelo y, como había hecho Bruno con el colchón de su hermano, hundió el cuchillo y empezó a rajar.

–«Encontrarás lo que buscas si vuelves la mirada hacia el lugar donde nacen los sueños» –dijo a media voz, repitiendo las palabras de la dedicatoria.

El lugar donde nacen los sueños. ¿La mente, el corazón, la infancia? No. Para alguien como Adrián, un espíritu burlón, la clase de escéptico que prefiere no ir más allá del significado primero y literal de un lugar común, el lugar donde nacen los sueños tenía que ser, precisamente, la cama. Pero no la suya, un escondite tan obvio que al propio Bruno se le había ocurrido, sino la de Santi. «Igual de accesible», pensó Santi, «si me enviaba a una cita en su lugar para librarse de mí por unas horas, y mucho más segura».

Allí estaban. Santi vio los primeros billetes, y luego más, y después tantos que podía cogerlos a grandes puñados con ambas manos. Nueve millones. No podía decirse que los hubiera tenido todo el tiempo a un palmo de su nariz, pero pensó que en todo caso habían estado muy cerca de su trasero. Se sentó en la cama, con las manos llenas de billetes.

Capítulo decimoctavo

Patito feo

SE sentó en la cama con las manos llenas de billetes, y sin poder evitarlo empezó a reírse entre dientes.

–No tengo que ponerme histérico... –se dijo en voz alta–. No es más que dinero.

¿Había escrito Adrián la dedicatoria en una inspiración del momento, porque quería darle la oportunidad de heredarle si a él le ocurría algo? Recordó unas palabras leídas en algún relato de Chesterton: «He descubierto la verdad y no tiene sentido». De pronto, le sobresaltaron unos golpes en la puerta.

–¿Santi?

–Sí, mamá.

«No abras, no abras, no abras».

Si su madre se encontraba con otro colchón rajado y veía todo aquel dinero, se volvería loca de remate.

–¿Estás bien, hijo...? Me pareció que hablabas solo –dijo la madre a través de la puerta–. ¿Necesitas algo?

–¡Estoy bien, estoy muy bien! ¡Déjame en paz!

«No me interrumpas ahora, estoy con un asunto de millones. ¿Sabías que tu hijo favorito es un delincuente capaz de enfrentarse a la policía con una pistola?».

Ya estaba, ya la había ofendido. Todo era normal. La oyó suspirar y alejarse arrastrando los pies. Pensó que los padres siempre querían saber, y cuando averiguaban algo no les gustaba. Cuanto más sabían, menos les gustaba. Mejor dejar que siguieran ignorando.

Acabó de sacar el dinero, consiguió aguja e hilo y se puso a coser el colchón. Luego, sin saber qué destino dar al dinero, buscó un nuevo escondite.

* * *

Por la tarde, en su cuarto, con la puerta cerrada con llave, volvió a sacar el dinero.

Puso la radio bastante alta, para que sus padres no pudieran oír lo que hacía. Repartió el dinero en tres montones iguales. Cada uno de ellos tenía unos tres dedos de alto. Le sorprendió que abultasen tan poco. Procedió a envolver los montones en pedazos de plástico que recortó de un viejo impermeable.

Cuando terminó, los alineó sobre la cama y se quedó mirándolos con una especie de perplejidad. Parecían tan vulnerables... Podía tirarlos a la basura, quemarlos, hacer confeti con ellos y arrojarlos por la ventana, devolverlos… Tal vez si hacía una de esas cosas evitaría algunos problemas. Pero, ¿cómo deshacerse de ellos sin despertar sospechas?

En la radio sonaba una melodía muy conocida. *«La garota de Ipanema»*, le pareció que decía el locutor. Pensó de nuevo en Bruno. Era extraño que no hubiera vuelto a dar señales de vida.

Su pensamiento volvía una y otra vez hacia Cris..., pero no había nada que pudiera hacer, nada sino esperar. Y esperar inactivo era precisamente lo que peor se le daba. A los diecinueve años el impulso de la acción es más fuerte que la reflexión. Fue hacia la puerta y la abrió. Su padre se hallaba al otro lado, como si hubiese estado escuchando.

–¿Qué estás haciendo? ¿Qué es eso? –le preguntó señalando los paquetes envueltos en plástico.

Se encogió de hombros.

–Nada.

–A mí no me respondas así, Santi.

–Santiago. Llámame Santiago.

–Tengo que hablar contigo.

El padre llevaba su batín de los domingos, una prenda demasiado larga. A Santi no le era posible tomarle en serio con aquella ropa.

–Ahora no puedo, tengo que salir.

–¿Para qué?

–Me están esperando.

Hizo un esfuerzo para no mirar hacia los billetes.

–No me importa que te estén esperando. Soy tu padre, ¿sabes?

–Hablaremos cuando quieras, pero ahora no puedo.

–Ahora, hablaremos ahora.

«No podías haber elegido un momento peor, viejo».

Entonces el padre soltó aquellas palabras:

–Hijo, sé que andas en malos pasos.

Hasta ese instante, el principal defecto que Santi le había encontrado a la vida era que todo sucedía demasiado despacio, pero al parecer había algo peor: las personas y las situaciones tendían a repetirse. Su primer impulso fue reír; pero ese impulso quedó ahogado al recordar que en idéntica situación Adrián había reaccionado de ese modo. De no librarse del maldito dinero la propia historia de Adrián podría repetirse en él. Descubrió que bajo la forma convencional de manifestarlos, los sentimientos de su padre eran auténticos: su desconcierto, su inseguridad, su temor a perderle, su amor.

–Papá, por favor, ahora no puedo. Por favor. Hablaremos cuanto tú quieras, mañana sin falta, te lo prometo.

El padre pareció considerar aquella promesa como una victoria suficiente; dijo que hablarían por la mañana, mientras la madre estuviese en misa, para no darle un disgusto.

El buen viejo con su batín de los domingos... Era una lástima que no fuese más fácil hacerle ver que él comprendía su cariño y que, a su modo, también le quería.

Cuando se fue, Santi colocó el dinero detrás de sus libros y salió a la calle para escapar a la atmósfera de la casa, que le ahogaba.

* * *

O los ciudadanos habían regresado milagrosamente, o nunca se habían ido. Como cualquier otro sábado por la tarde, auténticas hordas tomaban por asalto las tiendas y los grandes almacenes del centro, los hipermercados.

En una callejuela estrecha por la que no recordaba haber pasado nunca antes, Santi descubrió una tienda que no tenía un solo cliente. Era minúscula y muy vieja. En el escaparate no había más que muñecos rotos. A algunos les faltaba un brazo o una pierna, otros no tenían ojos.

Mientras los miraba, una muñeca echó a andar hacia él, caminó unos pasos y se detuvo oscilando como si hubiera olvidado adónde tenía que dirigirse.

Santi se estremeció, levantó la vista y leyó el descolorido rótulo: CLÍNICA DE BEBÉS.

En un rincón del escaparate había un patito de goma que a primera vista no estaba mutilado. Se preguntó por qué lo tendrían allí. Recordó antiguas ilustraciones en las que algún niño jugaba en el baño con patos como aquél.

«Patito feo».

No lejos de allí había habido un choque, y llegaba hasta él el eco de las voces airadas de los conductores. Rutina. A través del escaparate podía ver, tras el mostrador, a una mujer tan vieja como la propia tienda. Miró de nuevo el pato de goma y sonrió.

«Un pato. Precisamente».

Se unió a la muchedumbre que entraba en uno de los grandes almacenes y subió a la planta de juguetes.

No tardó en encontrar lo que buscaba. Era el único pato de peluche. Muy grande, gracioso, blanco y amarillo.

«Amarillo, el color de la mala suerte».

Desechó aquel pensamiento diciéndose que eran viejas supersticiones de actor, y que él ya no era actor. Pagó el muñeco y salió con él.

* * *

El John Silver estaban tan desierto como siempre.

–Tengo noticias, Santi –anunció Antonio con excitación–. Ha llamado tu hermano.

–¿Adrián?

–¿Cuántos hermanos tienes? ¡Pues claro que Adrián! Ha llamado aquí para no tener que hablar con vuestros viejos hasta que llegue el momento adecuado. Me ha pedido que te diera un mensaje: volverá a llamar a las diez. Estaba a punto de llamarte yo o subir a tu casa para decírtelo.

Santi dejó el peluche encima de la barra y se mordió los labios pensativamente. Observó sonriente a Antonio, a quien las emociones hacían resplandecer de felicidad. Quizás aquello era lo más emocionante que le había ocurrido en años. Se dijo que sentía verdadero afecto por aquel hombre. Antonio le miró también a los ojos; en los suyos, siempre un poco turbios, Santi vio la mirada de un hombre que había visto muchas cosas, y adivinaba otras, y las comprendía todas.

–Me gusta tu chica, Santi –dijo inesperadamente.

–Que no es mi chica, coño. ¿A qué viene eso ahora?

–La tienes en el bote, digas lo que digas. Has de saber que Adrián no es el único que ha llamado. Deberías instalar aquí un despachito; yo te cobraría un...

–¡Antonio! ¡Para un momento! ¿Dices que ella ha llamado?

–Ajá –asintió Antonio.

–¿Ha preguntado por mí?

–Ajá. No va a preguntar por mí. Quería saber sobre qué hora tenía posibilidades de encontrarte aquí. Me ha pedido que, sobre todo, no te dijese nada. Desea darte una sorpresa.

–Yo también quería verla –dijo Santi mirando el pato de peluche–, pero no sabía cómo.

–Pues sólo tienes que sentarte y esperar.

Durante la siguiente hora y media, lo único que Santi no hizo fue permanecer sentado. Comió, bebió, fue al baño tres veces para contemplarse en el espejo, odió a todos los clientes que iban entrando en el bar y se asomó a la calle una infinidad de veces.

La recorría con la mirada, arriba y abajo, como si antes nunca se hubiera fijado en ella, aunque era la única calle en la que había vivido. Basuras de todas clases, envoltorios, colillas, innobles manchas de la gasolina y el aceite de los coches, el aire acre que picaba en las fosas nasales y en la garganta, altas casas todas iguales, y al otro lado de las ventanas el resplandor cambiante y espectral de los televisores. Una calle como todas las calles, pero, por algún motivo, en los últimos días se sentía ajeno a ella, desplazado. Necesitaba urgentemente un cambio de escenario.

Permanecía en la puerta, atento al sonido del teléfono. Su mirada se desviaba sin quererlo hacia la ventana de su cuarto, en el que había nueve millones de pesetas, tanto dinero, tan poco dinero si Adrián tenía que morir por su causa. Y entrecerraba los ojos, costumbre del miope que se resiste a llevar gafas, para observar el extremo de la calle.

Y de pronto, cuando ya no la esperaba, cuando ya estaba convencido de que ella no llegaría, la vio.

Incluso de lejos le pareció preciosa, más que nunca. Admiró su forma de andar, la gracia de sus gestos cuando le saludó a distancia. Se obligó a esperar sin moverse de donde estaba.

–He venido para pedirte disculpas –dijo Cris.

Santi vio en sus ojos aquello que era más importante que el dinero, o el éxito, o cualquier otra cosa en el mundo.

Cada uno de los detritos que desbordaban los contenedores de basura, cada desconchón de las paredes, cada detalle sórdido o anodino del entorno, se borró ante sus ojos como por efecto de una reacción química, y sólo la vio a ella, porque sólo ella importaba.

–Te quiero.

–Estás loco. Casi no me conoces.

–Vale, pero te quiero.

«Y tú acabarás queriéndome también, ahora estoy seguro».

Capítulo decimonoveno

Una invitación inesperada, o más bien dos

EL pato de peluche resultó un regalo muy acertado. Cris gritó de alegría, y lo abrazó y lo besó hasta que Santi y Antonio empezaron a gastarle bromas.

Se sentaron a una mesa para esperar la llamada de Adrián. Poco antes de la diez, Antonio puso el cartel de cerrado y bajó a medias la persiana metálica de la puerta del bar.

–¿Entonces tu hermano está bien? –preguntó Cris.

–Eso parece. Pero, a partir de ahora, tú no tienes nada que ver con esa historia. Ya nos ayudaste hablando con Charo Vega. No quiero que hagas nada más, puede ser peligroso.

–No me des órdenes tan pronto –respondió Cris, sonriendo–. Aún no he dicho que acepte ser tu chica.

Santi dudó entre revelar a Cris y Antonio la noticia de que había encontrado el dinero o no decir nada hasta haber hablado con su hermano. Antes de haber llegado a una decisión, sonó el teléfono.

Era Adrián.

–¡Soy yo, hermano! ¿Cómo va todo por ahí? ¿Estás bien?

Santi pensó que no era fácil estar bien si a uno le utilizaba su propio hermano y una bestia de dos metros permanecía al acecho. Sin embargo, respondió que sí.

–¿Nadie te ha molestado? ¿Ni a los viejos?

–Todo bien. ¿Desde dónde llamas?

–Estoy en Canarias. Quiero que vengas.

–¿Que vaya? ¿Estás loco?

–Vamos, hermano, ¿no estás de vacaciones en el Instituto? Un par de días en Tenerife te vendrán muy bien... Vienes, duermes una noche aquí, y te vuelves al día siguiente. A los viejos basta con que les digas que vas a dormir en casa de un amigo.

«Me necesitas otra vez, ¿verdad?».

Santi se tomó unos segundos para pensar. No quería herir a su hermano, ni anticipar por teléfono los motivos de su enfado, pero no pensaba permitir que le siguiese tratando como a un crío. «Se acabó, Adrián, nunca más». Ahora era una cuestión de respeto. Como todos los que pasan por el trance de descubrir que su confianza ha sido traicionada, exigía al menos el consuelo del respeto.

–¿Santi? ¿Sigues ahí? Necesito que me traigas una cosa. Te vas a sorprender cuando te diga dónde la guardé.

–Pasará mucho tiempo antes de que algo me pueda sorprender. Supongo que te refieres al «lugar donde nacen los sueños».

–¿Lo has encontrado? ¿Lo sabe alguien más?

–No.

–Te diré lo que debes hacer. Mañana por la mañana dispondrás de un billete reservado a tu nombre en el aeropuerto de Barajas.

De modo que Adrián había tenido la misma idea que Cris con la entrada de teatro. Fue esa coincidencia lo que dio a Santi una idea, una idea loca y magnífica.

–Tendrás que traerme lo que tú sabes. Cuida de no perderlo y de que no te sigan –añadió Adrián.

–Dos billetes. Reserva dos pasajes en lugar de uno.

–¿Dos? ¿Para qué quieres dos billetes?

–Dos o nada, Adrián, elige.

–De acuerdo. Apunta la hora del vuelo y procura estar una hora antes en el aeropuerto. Y diles a los viejos... mejor, no les digas nada de momento. Yo les llamaré muy pronto. Te estaré esperando en el aeropuerto de aquí. Ten cuidado. ¡Ah!, necesito que me digas el nombre de la persona que va a viajar contigo, para hacer la reserva.

–Cristina Castillo.

Colgó y se volvió hacia Cris, que le miraba intrigada.

–¿Podrías pasar una noche fuera de casa, por ejemplo diciendo a tu madre que vas a dormir en casa de una amiga?

–Depende de la clase de proposición que me estés haciendo.

–No es lo que te imaginas. Nos vamos de viaje.

–¿Adónde?

–Pues..., tal como tú dijiste..., viajaremos a una isla y seremos muy felices.

–No necesito llamar a mi madre. Ni siquiera podría, aunque quisiera.

–¿Qué quieres decir?

–No está en casa. Ha ido a reunirse con mi padre, que tocaba puerto en...

–¡Bravo! –exclamó Santi–. Eso significa que puedes invitarme a dormir en tu casa. Es lo más práctico. Mañana tenemos que madrugar mucho para ir al aeropuerto.

–Santi tiene razón –intervino Antonio–. De ese modo estaréis seguros de no perder el avión.

–Sois un par de liantes –informó Cris–. En fin, vale.

–¿Vale? –repitió Santi sorprendido.

–Vale, sí, puedes venir. Si me vas a invitar a una isla bien puedo invitarte yo a dormir. A dormir, ¿eh? Nada de declaraciones amorosas ni besos ni encerronas.

–Dile que estás de acuerdo –sugirió Antonio risueño.

–¿Te quieres callar, Antonio? ¿No tienes que ir a rellenar botellas o reciclar bocadillos o algo parecido?

Luego, volviéndose hacia Cris, Santi ensayó su sonrisa más radiante:

–Seré mudo, lo prometo.

–Mudo y manco –indicó Cris.

–Vale, vale.

* * *

La casa de Cris era realmente digna de una revista de decoración. Tapices, alfombras tejidas a mano, jarrones que, dada la ignorancia de Santi en aquellas materias, tanto podían ser etruscos como de Talavera de la Reina, un par de sofás con cojines de seda en los que nadie hubiera osado sentarse.

–¿Te gusta?

–Bueno... ejem...

–A mí tampoco. Una casa tiene que ser para usarla. Ven a ver mi cuarto.

La habitación de Cris era otra cosa, un refugio desordenado y cálido en el que Santi se sintió inmediatamente a gusto.

Observó que sólo había una cama, pequeña, pero ella dijo que debajo había otra. La sacaron entre los dos. Al desplegarse, las patas se dispararon con chasquidos como de ballesta. Todo les hacía reír.

Saquearon el frigorífico, pusieron un disco. Santi votaba por poner música de cine, pero ella prefirió Bon Jovi. Santi se abstuvo prudentemente de explicar que odiaba a los cantantes tan guapos como Bon Jovi; no era el momento de hacer enfadar otra vez a Cris. Así que escucharon *Always* mientras comían pan con mantequilla y salmón ahumado sentados en el suelo.

–Puesto que mañana nos tenemos que levantar muy temprano –dijo Cris–, será mejor que me prepare las cosas ahora y me lave el pelo.

–¿Puedo llamar a casa para decir que no iré a dormir?

–Claro.

Santi hizo la llamada mientras Cris estaba en el baño. No fue fácil tranquilizar a sus padres, que insistían en saber dónde iba a estar. Luego comenzó a curiosear la biblioteca. La madre de Cris tenía buen gusto también para los libros.

Cogió un viejo ejemplar de *Cumbres borrascosas* y se sentó con él junto al equipo de música. Sustituyó el disco por uno de Vivaldi.

Antes de que hubiera empezado a sonar, llamaron al timbre.

–¿Voy? –preguntó en voz alta.

No hubo respuesta. Seguramente, Cris, bajo la ducha, no le oía.

–¿Quieres que abra? –repitió desde la puerta del baño, pero sin intentar abrirla.

Cris canturreaba bajo el agua a toda presión. Si abría la puerta del baño, ella le tiraría el frasco de champú a la cabeza. Decidió que lo mejor sería ir a abrir.

Abrió.

Y deseó no haberlo hecho. Era Bruno.

Capítulo vigésimo

El perro que grita

–VOLVEMOS a vernos –dijo Bruno, avanzando un paso y cerrando la puerta.

Santi tenía la sensación, más que desagradable, de que aquella situación ya la había vivido, de que Bruno y él ya se habían dicho todo lo que tenían que decirse.

–¿Dónde está tu hermano?

No respondió. En el silencio, roto sólo por la voz de Cris que cantaba en el baño, sonaron inesperadamente los primeros compases de *Las cuatro estaciones*.

–Él no tiene el dinero –respondió al fin Santi, atolondradamente.

El prognatismo de Bruno se hizo más acentuado, lo que tal vez era su propia versión de una sonrisa irónica. Se acercó al baño. Había oído a Cris.

–Dile que salga.

–Ella no tiene nada que ver. Si lo que quieres es el dinero, yo te diré dónde está.

–Bien. Habla.

–Está...

Santi pensó a toda prisa.

–Está en mi casa.

Puesto que no se le ocurría nada, lo mejor era decir la verdad. Bruno no le creería.

–De acuerdo. Vamos para allá. Si es mentira, te mataré delante de tus viejos.

–No puedo presentarme contigo en mi casa. Mis padres se morirán del disgusto.

–No se morirán. Los padres aguantan muchos disgustos. Vamos, dile a tu chica que salga.

–Te he mentido. El dinero está...

En ese instante, la puerta del baño comenzó a abrirse centímetro a centímetro.

Quiso gritarle a Cris que se encerrase, pero era demasiado tarde. Bruno empujó la puerta de golpe, cogió a Cris por un brazo y tiró de ella. Cris, envuelta en una toalla, con el pelo mojado, se llevó las manos a los ojos. Santi tardó varios segundos en comprender que lo único que le ocurría era que se le había movido o caído una lentilla. Bruno se distrajo durante un segundo mirándola, y Santi se lanzó contra él.

Pero Bruno era un profesional. Le recibió con un rodillazo que le dobló de dolor. Luego le cogió por una oreja y le obligó a permanecer de rodillas. La humillación hizo enrojecer a Santi.

–Vuelve a intentarlo y le rompo el cuello a tu chica.

Bruno rodeó el cuello de Cris con una mano. Santi vio que podía abarcarlo entero y que las puntas de sus dedos se encontraban y se hundían en la garganta. Cris tenía los ojos llameantes pero no se atrevía a moverse.

–Ahora te voy a soltar, te pondrás en pie muy despacio y te irás a aquella pared.

Santi hizo un gesto de asentimiento.

Bruno le soltó, al tiempo que le empujaba.

–Si sales corriendo, puedo estrangularla fácilmente o matarla de un puñetazo. Sé cómo hacerlo. Un golpe bajo el tabique nasal y le hundo la nariz en el cerebro.

La mirada de Santi se encontró con la de Cris. Ella intentó, sin mucho éxito, sonreír.

–Bien, ¿dónde está el dinero?

–Lo tengo yo.

Cualquier cosa antes que volver a casa con Bruno, porque aquella bestia era capaz de todo. Si hasta entonces Santi había tenido la impresión de estar protegiendo a su hermano, había llegado el momento de proteger de veras a alguien que lo merecía más.

Sus padres eran más vulnerables y ya soportaban demasiada carga. Tal vez su padre fuese un poco aburrido, y su madre, algo pesada –bueno, muy pesada–, pero eran sus padres.

–Se acabaron los embustes, chico. Tú no lo tienes.

–Te digo que lo tengo.

–Demuéstramelo, si no quieres ver cómo tu chica lo pasa mal.

Santi guardó silencio. El sonido de la viola en el tocadiscos le recordó a un profesor enamorado de Vivaldi gracias al cual había oído muchas veces aquel disco.

Era un instante definitivo para un actor. Debía improvisar una buena actuación, mejor una impecable actuación. Tenía que ganar tiempo mientras se le ocurría algo.

Sacó de su bolsillo un billete de diez mil, cogió un encendedor de una mesita y prendió fuego al billete.

Los ojos de Bruno se abrieron, se abrieron... Santi casi podía ver cómo la comprensión se adentraba en aquel cerebro lleno de codicia y asomaba a las pupilas.

–Me gusta esta música –comentó tranquilamente Santi–. Ésta es la parte que Vivaldi tituló «El perro que grita». Bonito, ¿no?

Sacó otro billete y le aplicó la llama del mechero. Era curioso: tenía la impresión de que toda la vida había deseado hacer algo así.

–Ya basta –ordenó Bruno.

Santi miró las pavesas que giraban en lentos círculos antes de llegar al suelo. Vio la mirada irónica y admirativa de Cris. Se sentía en forma, rebosante de adrenalina y pleno de lucidez, y no podía evitar el disfrutar del momento.

–Mi viejo tiene razón. Dice que lo que más importa del dinero es el esfuerzo que cuesta ganarlo.

Bruno soltó a Cris y avanzó hacia él.

Y entonces, tan inesperado como una bomba, llegó el estruendo. La puerta del piso tembló. Los tres se volvieron hacia ella sin comprender. Por encima del dintel, la pared soltaba una pequeña nube de polvo y yeso. Hubo un segundo golpe, un tremendo impacto. La puerta se abrió de golpe.

* * *

Eran dos y tenían ya las pistolas en la mano.

–Está bien, Bruno, danos tu arma –ordenó el primero.

Eran jóvenes, de la edad de Adrián; uno llevaba barba, y el otro, el pelo más bien largo. Usaban vaqueros y cazadoras y tenían la mirada dura y alerta de quien está acostumbrado a buscarse la vida desde siempre.

Santi dio dos pasos sin que nadie se lo impidiera y pasó un brazo sobre los hombros de Cris.

–No hay por qué ponerse... –empezó Bruno, conciliador, mientras entregaba su arma.

–Cállate –ordenó el de la barba–. Ya has hablado demasiado.

Era agradable que, para variar, Bruno no fuese el amo de la situación. A Santi le cayeron simpáticos aquellos dos.

–Y también has metido la pata demasiado –dijo el otro–. Ya es hora de que dejes de llamar la atención. No se puede ir por ahí asustando a los chicos que aún van al Instituto.

–¿Qué quieres decir? –protestó Bruno–. Es el hermano de Adrián, y tiene el dinero. No quemaría billetes de diez mil si no lo tuviera.

–Olvídate del dinero, Bruno. Cobrarás otra vez. La misma cantidad. Seis millones. La única condición es que te olvides ahora mismo y para siempre de Adrián y de todo lo que tenga que ver con él.

–No entiendo...

–Por supuesto que no entiendes, eres demasiado bestia. Te lo explicaremos más claramente. Has alborotado tanto por tu maldito dinero que estás atrayendo la curiosidad sobre nosotros. Hemos hecho una votación, ¿sabes?, todo muy democrático. Algunos querían acabar contigo. Pero si hacíamos eso íbamos a llamar aún más la atención. Alguien que tú sabes ha pensado que no eres tan importante, que era mejor volver a pagarte y que te olvides de todo.

–¿Y Adrián? ¿Es que no le va a pasar nada?

Uno de los hombres lanzó una rápida mirada a Cris y Santi y empujó a Bruno.

–Hablaremos de eso en el coche. Andando.

El otro se volvió hacia ellos.

–Vosotros tampoco habéis visto ni oído nada..., ¿de acuerdo? Fijaos en los vecinos. Son gente discreta. El instinto de conservación ha podido más que la curiosidad y nadie se ha asomado. Seguid el ejemplo.

–¿Y la puerta? –protestó Cris.

Uno de los goznes de la puerta estaba en el suelo y el otro colgaba de un único tornillo, de modo que la puerta pendía, abierta de par en par, como de un hilo. El hombre la miró como si fuese la primera vez que la veía.

–Mira, niña, no me toques...

–Vale, vale… –intervino Santi–. La puerta está muy bien así.

Oyeron entrar en el ascensor a los tres. Santi apenas podía creer que de veras le hubieran librado para siempre de Bruno.

–¿Crees que han dicho la verdad o que van a matarle? –preguntó Cris.

–Francamente, querida... –empezó Santi.

Se detuvo con la boca abierta, porque la toalla en la que se envolvía Cris había empezado a resbalar.

Ella siguió la dirección de su mirada, sonrió y dio media vuelta.

–Me voy a cepillar el pelo..., lo tengo todo enredado.

–¿Hablas en serio? Han estado a punto de matarnos y tú sólo piensas en... –empezó Santi.

–Por favor, Santi, procura arreglar esa puerta, ¿quieres? –dijo ella desde el baño.

Capítulo vigésimo primero

La isla

Como corresponde a un hombre que ha asumido de golpe nuevas responsabilidades, Santi se mantenía serio y al mismo tiempo hablaba poco para no evidenciar que el hecho de ir en avión le asustaba un poco.

Cris, en el asiento de la ventanilla, se reía por cualquier cosa y le gastaba bromas acerca de espantosos accidentes aéreos. En su regazo llevaba el gran pato de peluche, blanco y amarillo. Había subido al avión vestida de verano, con un ligero pantalón estampado de florecitas y una blusa escotada.

A los ojos de cualquiera de las personas que componían el centenar y medio de pasajeros del avión, podían ser una jovencísima pareja de recién casados o sencillamente unos enamorados que huían de la vigilancia o la oposición de los padres.

Santi empezaba a alimentar esperanzas descabelladas de que aquella escapada pudiera convertirse en algo más.

«Podríamos quedarnos para siempre en las islas. Adiós al frío, al Instituto, al "motero" que le gusta a Cris».

–¿Has llamado a ése para decirle que te ibas de viaje?

–¿Y quien es «ése»? –preguntó Cris, aunque bien se veía que había entendido perfectamente.

–La competencia.

–No tengo por qué dar explicaciones a la competencia, como tú dices. Lo que no acabáis de entender ni él ni tú es que yo soy libre.

¿Significaba aquello que el otro también estaba celoso? A Santi le alegró saberlo. Se dijo que no debía estropear las cosas pensando en nada que no fuera el momento presente. Ella estaba con él, y eso era lo que importaba.

Sin decir nada, se inclinó hacia ella y la besó.

Cuando empezaron a sobrevolar Tenerife, Cris le tomó de la mano y le rogó que mientras estuviesen allí no hablaran más de lo que habían dejado atrás. Santi dijo que era una buena propuesta. El avión tomó tierra en lo que parecía un desierto, cerca del mar.

Antes incluso de llegar a la terminal del acropuerto, se dieron cuenta de que Cris no había exagerado al vestirse de verano. Santi se quitó el jersey, quedándose en mangas de camisa, y aseguró que se libraría de él en la primera papelera que encontraran. Recogieron su equipaje y salieron al vestíbulo.

Entre los que esperaban a los viajeros, Santi vio en seguida a su hermano. Adrián acudió a su encuentro con una amplia sonrisa y le abrazó igual que si llevasen mucho tiempo sin verse. Vestía una americana de color blanco, había tenido tiempo de broncearse y parecía relajado.

–De modo que tú eres Cristina. Bienvenida.

Luego los tomó por un brazo a cada uno y los condujo hasta el aparcamiento.

–He alquilado este coche esta misma mañana. Así podremos ir con él a recorrer la isla.

Era un Volkswagen *escarabajo* de un rojo intenso. Santi y Cris lo elogiaron debidamente. Subieron y Adrián arrancó entre bromas porque el coche se resistía a ponerse en marcha. Adrián no hacía ninguna pregunta, seguramente porque no suponía a Cris enterada de nada.

–¿Dónde estás viviendo?

–En Santa Cruz, al norte de la isla. Os gustará. Imagino que esta tarde querréis descansar, pero mañana os llevaré a que conozcáis la ciudad.

–¿Quién ha dicho que queremos descansar? –protestó Cris–. Yo pienso ir esta misma tarde a la playa. ¿Hay playa en Santa Cruz?

–No exactamente, pero hay una cerca, Las Teresitas, a unos ocho kilómetros. Es una buena idea ir a la playa, así aprovecháis al máximo el día, que para vosotros, con el cambio de horario, tiene una hora más.

–No hace falta que vengas con nosotros –intervino Santi–. Si la playa está tan cerca, habrá autobuses.

Adrián explicó que en la isla a los autobuses los llamaban «guaguas». También dijo que el paisaje era muy distinto en el interior y hacia el norte, donde había abundante vegetación, y habló de llevarles a conocer el valle de la Orotava. Desempeñaba perfectamente el papel de hermano mayor que proporciona unas vacaciones al pequeño de la familia. Santi pensó que nadie diría que era un delincuente que se estaba ocultando. Miró a Cris a través del retrovisor. Ella sonreía a Adrián, tal vez un poco deslumbrada, como les ocurría a tantas chicas en su presencia. Supuso que, para una chica de dieciséis, nada más atractivo que un aventurero de ventiséis, pero luego se dijo que Cris no era una chica corriente.

Adrián también miró a Cris, que continuaba llevando en sus manos el pato de peluche.

–Tienes un pato muy simpático.

–En realidad, es para ti. Yo sólo lo custodio.

Adrián enarcó una ceja interrogativamente.

–¿Me habéis traído un pato de peluche?

–¿No adivinas la razón? –preguntó Santi–. A Cris no le costó mucho.

Durante un par de minutos, Adrián guardó silencio esforzándose en pensar cuál podía ser el sentido de aquellas palabras.

–Necesitaba un escondite que no llamase la atención –insinuó Santi–. ¿Hay algo más natural que una chica viajando con un regalo que le ha hecho su novio?

Adrián lanzó una exclamación.

–¿Quieres decir...? ¿No querrás decir que ahí, en ese pato...? Dámelo, no puedo esperar ni un segundo.

Detuvo el coche a un lado de la carretera. A derecha e izquierda se veía una gran extensión de arena, un verdadero desierto que llegaba hasta el mar. Los automóviles pasaban junto a ellos sin aminorar la marcha.

–Has esperado mucho, espera un poco más. No vas a ponerte a sacar el dinero a la vista de todo el que pase –pidió Santi, a quien los encuentros con Bruno habían dejado como secuela una manía persecutoria de la que ni allí podía librarse.

–No me fastidies, deja de hacer de hermano mayor. El hermano mayor soy yo.

Adrián se apoderó del pato de peluche y lo miró como si fuera su hijo recién nacido. Santi se encogió de hombros. Él había cumplido su parte. Estaban en una isla donde nadie les conocía y podían considerarse finalmente a salvo.

–Precioso... –susurró Adrián besando al pato en el pico–, eres precioso.

Lanzó una sonora carcajada.

–¡Cómo he esperado este momento!

Se volvió hacia ellos.

–Gracias. Os quiero.

Cris seguía sonriendo, cautivada por aquella explosión de vitalidad. «Éste es mi hermano», pensó Santi. «Hay que tomarlo o dejarlo. Luego hablaremos.»

–Vámonos –gruñó componiendo una cara feroz–, tengo hambre.

* * *

El apartamento no era grande, pero estaba amueblado con gracia y tenía una ventana desde la que se veía el mar, un Atlántico de intenso color que cambiaba de tonalidad según la hora del día. El hecho de que esa única ventana con vistas fuese la del baño, y que para ver el mar fuera preciso situarse prácticamente bajo la ducha, no les pareció a Cris ni a Santi inconveniente grave. Ambos se sintieron tan felices con el apartamento como si hubiera sido un verdadero palacio. Cris inspeccionó todos los muebles y objetos, y propuso dos o tres cambios, mostrando una cierta vocación de ama de casa absolutamente inesperada incluso para ella. Después, mientras ella tomaba una ducha –con la ventana abierta para contemplar el mar–, Santi pasó a ver a su hermano.

Adrián tenía un apartamento muy semejante al otro extremo de la planta. Sobre la mesa de la pequeña cocina descansaba el pato de peluche tras haber sufrido una intervención quirúrgica que, en expresión de Adrián, le había hecho perder nueve kilos.

El dinero ya no estaba a la vista. Santi se preguntó qué haría su hermano con él. ¿Lo guardaría temiendo a cada momento que alguien pudiera encontrarlo?

–Naturalmente, te daré una parte del dinero, Santi, te la has ganado.

–No quiero nada. Habría que devolverlo –respondió Santi.

Había algo en la atmósfera de aquel apartamento. Un perfume...

Él conocía aquel perfume. Una vez había comprado un frasco para una chica que siempre usaba aquella marca.

–¿Qué vas a hacer ahora, Adrián?

–Antes de nada, cuéntame tú. ¿Qué tal te fue en la cita? –preguntó Santi distraídamente.

–¿En cuál de ellas? En estos días he visto a Bruno tantas veces que parecía mi sombra.

–¿Te ha amenazado? ¿No habrá intentado nada contra ti...?

–Ya no importa. Está fuera de juego.

Santi contó sus encuentros con Bruno, detallando el último de ellos. Adrián aseguró que no había imaginado que Santi pudiera llegar a correr peligro.

Mientras, la mirada de Santi buscaba indicios en el apartamento. Al otro lado de las puertas cerradas del baño y del dormitorio no se oía ningún sonido. Pero entonces Adrián encendió un cigarrillo y acercó un cenicero que ya tenía un par de colillas. Una de ellas estaba manchada de lápiz de labios.

–Lo que no entiendo es por qué volviste a casa. Tenías el dinero. Lo más sencillo hubiera sido desaparecer.

–Es lo que pienso hacer ahora. Me están preparando unos documentos: pasaporte, permiso de conducir, etc., que nadie distinguiría de los buenos. Otro nombre, otra identidad...

Santi se preguntó cómo habría logrado Adrián alquilar un coche sin permiso, en el caso de que realmente lo hubiera alquilado, pero no quiso interrumpirle.

–Mañana me los entregan –siguió Adrián–, y por la tarde saldré rumbo a un país muy lejano. Supongo que pasará mucho tiempo antes de que nos volvamos a ver. Por eso fui a casa. Quería veros antes de irme, ver a los viejos, quizá por última vez.

«Y yo pensé que no nos querías», se dijo Santi recordando tiempos pasados.

En ese instante llamaron a la puerta. Dos golpes, uno, y luego dos más. Como una señal.

–Hay algo más que no te he dicho, Santi.

–Siempre hay algo que no me dices. Supongo que te refieres a que Charo Vega está aquí.

Adrián, que estaba a punto de abrir, se volvió hacia él, sorprendido.

–¿Cómo lo has sabido?

Entró Charo, con un vestido escotado, gafas de sol, y cargada de bolsas de diversas tiendas.

–Hola, Santi.

Estaba realmente guapa. Cuando se quitó las gafas, en sus ojos lucía aquella mirada insolente que probablemente había cautivado a Adrián y que al propio Santi le producía taquicardia.

–Nos engañaste bien con aquella historia de que no querías saber nada de Adrián.

–Soy actriz –sonrió ella.

–Y muy buena.

–También a ella la llamé anoche –explicó Adrián–, pero no le pedí que trajese el dinero porque no podíamos correr el riesgo de que la siguieran. Tomó un billete para un vuelo internacional que hacía escala aquí y ha llegado de madrugada. Comprenderás que era más seguro para todos que no os dijese nada.

–Bueno –dijo Santi encogiéndose de hombros–, tú siempre haces las cosas así.

Se puso en pie y llegó hasta la puerta. Desde allí vio el pato de peluche sobre la mesa de la cocina, y sonrió.

–Me gustaría llevármelo –dijo señalándolo.

–Claro.

–Ah, y también quería decirte que cogí dos billetes.

–Hiciste bien. Ya me figuro que los que quemaste no eran de tu paga semanal. Aprovechad el tiempo, Santi; iré a recoger esos documentos mañana por la mañana. Vuestro avión sale por la tarde, y el nuestro también. Os quedan veinticuatro horas para disfrutar de la isla. Ya hablaremos después.

Capítulo vigésimo segundo

Horas felices

EN las horas siguientes, Cris y Santi tuvieron tiempo –el tiempo, en la isla, parecía estar hecho de una sustancia dúctil que podía ser estirada a voluntad– para explorar la ciudad y jugar juntos a hacer la compra y a cocinar y a mantener limpio su refugio, tareas de las que ni ella ni él tenían la menor idea, así que compraron cosas inútiles o cantidades absurdas y disputaron en broma por las cuestiones domésticas.

Descubrieron, no lejos del apartamento, un parque, el García Sanabria, donde entre otros ejemplares magníficos hallaron un árbol al que de mutuo acuerdo decidieron adoptar. Pasearon por el puerto y admiraron casas con balcones enrejados y patios llenos de flores.

Compraron un libro y leyeron algunos capítulos a medias, primero en la plaza de la Candelaria y más tarde en casa, como llamaban ya al apartamento, turnándose para sostenerlo. Santi hacía esfuerzos para leer tan rápido como

Cris, pero ella llegaba siempre la primera al final de la página, y antes de volver la hoja preguntaba: «¿Ya?». Santi respondía «ya» aunque a veces no había leído una sola palabra y todo lo que había hecho era mirarla a ella, su perfil, la línea de sus párpados, su nariz, los labios, el cuello fino y alto, tan suave.

Cris perdió una lentilla y pasaron horas buscándola por la casa, hasta que apareció en un lugar donde habían mirado ya diez veces. Ella había cogido de su casa un radio-cassette y algunas cintas grabadas directamente de la radio o de conciertos, y escuchaban música todo el tiempo. Planearon comprar una cámara de fotos y fotografiarse en la playa, adonde les llevó una «guagua» cuando ya caía la noche.

Santi dijo que había leído en alguna parte que aquella playa era artificial, y que para hacerla se habían transportado muchas toneladas de arena desde el desierto del Sahara. La recorrieron paseando despacio hasta el extremo más alejado, donde una montaña oscura bajaba hasta el mar.

–Peligro –dijo Cris en voz alta.

Santi no había visto hasta ese momento el letrero metálico, situado al comienzo de un estrecho paso entre rocas que parecía conducir a alguna cala.

–«Peligro. *Danger. Gefârlich.* Prohibido el acceso. Zona de asiduos accidentes mortales» –leyó Cris.

–Nunca olvidaré lo guapa que estás en este momento, con la luz de la luna de África reflejándose en tus pómulos.

Le había costado bastante elaborar la frase, y se sintió decepcionado cuando ella, como si no le hubiese oído, dijo:

–Asiduos es incorrecto. Debería decir «frecuentes accidentes», o algo así.

–Eres una pedante.

Sonriendo, ella le abrazó y apoyó la cabeza en su pecho.

–Pero me gustas –suspiró Santi.

–Tú a mí también.

–¿Y no me quieres un poco?

–Dame tiempo.

Santi había cumplido su promesa de tirar el único jersey de su equipaje a la basura y llevaba una camiseta de manga corta. Cris, por primera vez desde que la conocía, llevaba un vestido y se había maquillado.

–¿Volvemos?

Regresaron a la ciudad sin haber hecho una sola foto, a pesar de que nada era más fácil en la isla que comprar una cámara.

Cenaron casi a medianoche en un pequeño restaurante donde eran los únicos clientes, y volvieron al apartamento.

Había dos camas gemelas, igual que en casa de Cris. Santi fue al baño el primero. Después, mientras lo hacía ella, se desnudó y se acostó. Cris se quitó la ropa con la luz apagada.

Habían dejado las dos camas muy juntas. Santi extendió un brazo sobre la cama de ella. Cris le cogió de la mano al acostarse.

Santi hubiera querido tenerla a su lado, que ella apoyase la cabeza en su pecho, como había hecho en la playa, pero no se atrevió a pedírselo. Ella le había pedido tiempo, y debía concedérselo. Tal vez no tuvieran otra cosa, pero disponían de todo el tiempo del mundo.

–Estás muy delgada –dijo–, tan delgada que se nota la forma de los huesos de tus caderas.

–¿Cómo me has podido ver en la oscuridad?

Santi, que no la había visto, sonrió para sí.

–¿Te acuerdas de aquel día, cuando estábamos en el grupo de teatro? Fue como hacer el amor solamente con las manos.

–¿Cómo has adivinado que estaba pensando precisamente en eso?

Hablaron mucho rato antes de dormirse con las manos enlazadas.

Capítulo vigésimo tercero

El factor humano

EL viejo *escarabajo* sufría en todas las cuestas y curvas, tosía, chirriaba y apestaba el aire límpido de la mañana con su tubo de escape. La carretera era sinuosa y escarpada. El cielo estaba muy azul y los cuatro se sentían de buen humor, aunque Adrián parecía cada vez más nervioso.

Hicieron un alto en un remoto pueblo llamado Taganana, que recorrieron a pie. Tomaron un refresco a la orilla del mar y, antes de mediodía, Adrián propuso regresar a Santa Cruz.

–Estoy impaciente por ver mi nuevo pasaporte.

En el camino de regreso hicieron planes. Charo quería hacer todavía unas compras de última hora. Cris propuso adquirir en la primera tienda una cámara y hacerse por fin alguna foto en el parque y en el puerto.

–Enfrente de los apartamentos hay un restaurante donde sirven platos exóticos –indicó Adrián–. Podríamos vernos todos allí a las dos.

Milagrosamente, el *escarabajo* consiguió llevarles de nuevo hasta la ciudad. A la entrada, Adrián aparcó en un lugar discreto y entregó a Santi un puñado de billetes.

–Para los viejos. Les vendrá bien.

–No creo que ellos...

–Cógelo y cállate.

–¡No! –fue la respuesta cortante de Santi.

–Como quieras –respondió Adrián.

Después apartó otro tanto. Santi calculó a simple vista que habría unas cuatrocientas mil pesetas.

–Esto es para pagar mis papeles. El resto no quiero llevarlo encima mientras voy a ver a esa gente. Toma –se lo tendió a Charo–, pero no te lo gastes todo de una vez, ¿eh? Hay más de ocho kilos.

–Procuraré que sobre algo –sonrió Charo.

Frente a los apartamentos, Adrián les despidió con recomendaciones nerviosas.

–Son las doce y cuarto. Sed puntuales. Y prudentes, por favor.

* * *

–¿Qué te parece Charo? –preguntó Cris–. Es guapa, ¿verdad? ¿Crees que yo llegaré a ser algún día como ella?

Caminaban de la mano, ya de vuelta, hacia el restaurante.

Santi miró a Cris. El sol le había enrojecido los pómulos y la nariz. Tenía los ojos llenos de luz, y los labios... Santi suspiró al mirar aquellos labios.

–Espero que no. Espero que sigas siendo como ahora.

Entraron al restaurante. Eran algo más de las dos, pero ni Charo ni Adrián habían llegado todavía.

–No sé si deberíamos sentarnos o subir a ver si están en el apartamento –murmuró Santi, indeciso como casi siempre.

–Si están en el apartamento ya bajarán cuando no tengan nada mejor que hacer –respondió Cris con picardía.

Un camarero con el pelo reluciente y bigotillo recortado les indicó una mesa.

–¿Dos personas?

–Vamos a ser cuatro, creo.

–¿Un aperitivo mientras esperan? ¿Jerez, martini?

Adrián entró en ese momento. Se acercó a ellos, muy pálido.

–No está aquí, claro.

–¿Qué ocurre, Adrián?

Adrián intentó hablar por dos veces, soltó una especie de amago de risa muy poco alegre y se pasó las manos por el pelo.

A dos pasos, el camarero esperaba. Un grupo de personas, riendo y charlando en alemán, invadió el restaurante. Santi empezaba a tener hambre debido a los olores que salían de la cocina.

Adrián se dejó caer en una silla. Su mirada se desviaba como la de quien acaba de sufrir una fuerte impresión. Cogió una copa y la apretó tan fuerte que sus nudillos se le pusieron blancos.

–Charo no está en el apartamento.

–¿Y qué? Ha dicho que iba a ir de compras.

–Su equipaje tampoco está... –añadió sombríamente Adrián.

–Eso no tiene sentido, Adrián... ¿Por qué había de irse? De no haber querido estar contigo, le habría bastado con no acudir a tu lado.

Cris puso una mano sobre el brazo de Santi, pidiéndole silencio. Más rápida de reflejos, ella sí había comprendido.

–Se ha fugado con el dinero, ¿verdad?

Adrián se pasó la lengua por los labios resecos.

–Tengo que ir al aeropuerto. Tal vez todavía pueda alcanzarla. Aquí están vuestros billetes.

Salieron con él a la calle sin hacer caso de las preguntas del camarero.

–¿Quieres que te acompañemos?

–No. Quedaos aquí y tened cuidado.

Adrián abrazó a Santi.

–No os preocupéis por mí. Cúidate, Santi. Y tú, Cris.

Adrián sonrió con un esfuerzo.

–Al final, es el factor humano lo que decide todo. La cuestión es saber en quién se puede confiar y en quién no.

–Adrián, no hagas ninguna locura si la encuentras.

–Claro que no... Sólo ha hecho lo mismo que hice yo. Esa chica hubiera sido una pareja perfecta para mí, ¿no crees?

En el cielo azul y sin nubes resonaba lejana la sirena de un barco.

–Di a los viejos que me hubiera gustado..., en fin, diles que los quiero.

Viéndole alejarse, unas palabras volvieron a la memoria de Santi. Peligro, *danger, gefârlich.*

–Cúidate tú también, Adrián –murmuró, aunque su hermano ya no podía oírle.

* * *

Horas más tarde, en el avión, Cris preguntó:

–¿Qué crees que ocurrirá? ¿Podrá encontrarla?

–Si de veras es como él, lo veo muy improbable.

–¿Sabes de qué me alegro? Además de haber conocido la isla, claro. Me alegro de que hayamos recuperado el pato. Pienso ponerlo en mi habitación y guardarlo hasta que vivamos juntos.

Santi la miró sorprendido.

–¿Cómo has dicho?

–Ya me has oído.

–¿Eso quiere decir que aceptas ser mi chica?

–Hasta que la muerte nos separe –sonrió Cris.

* * *

–Nombre. Edad. Ocupación.

–Charo Vega. Veinticinco. Actriz.

El funcionario que revisaba los pasaportes la miró con una curiosidad que no era sólo profesional.

Charo Vega le sonrió. Lo encontraba guapo y le gustaba su acento caribeño.

–¿Cuál es el motivo de su viaje, señorita Vega? –interrogó cortésmente el funcionario–. ¿Trabajo o diversión?

Antes de que respondiera, él estampó un sello en el pasaporte y se lo devolvió, sonriente.

–Diversión, por supuesto.

–Ha elegido el lugar adecuado. Bienvenida..., y que disfrute de su estancia.

Índice

Capítulo primero:
Cris 7

Capítulo segundo:
Adrián 11

Capítulo tercero:
Santi 15

Capítulo cuarto:
Dos años después 21

Capítulo quinto:
Vida amorosa de los canguros 25

Capítulo sexto:
Malos pasos 33

Capítulo séptimo:
Nueve millones de razones 39

Capítulo octavo:
Una visita nocturna 47

Capítulo noveno:
Ella, él y el otro 55

Capítulo décimo:
Ella y él 63

Capítulo undécimo:
Las chicas mandan 69

Capítulo duodécimo:
Antonio 73

Capítulo decimotercero:
Complicaciones 79

Capítulo decimocuarto:
El principio de nada 87

Capítulo decimoquinto:
Un nuevo miembro en el equipo 97

Capítulo decimosexto:
Las chicas se rebelan 107

Capítulo decimoséptimo:
El lugar donde nacen los sueños 113

Capítulo decimoctavo:
Patito feo 119

Capítulo decimonoveno:
Una invitación inesperada,
o más bien dos 127

Capítulo vigésimo:
El perro que grita 133

Capítulo vigésimo primero:
La isla 139

Capítulo vigésimo segundo:
Horas felices 147

Capítulo vigésimo tercero:
El factor humano 151

PARALELO CERO

Este libro se terminó
de imprimir en los
talleres gráficos
de Unigraf, S. A.,
en el mes de octubre de 1996.